GEFÄHRTIN DES BLAUEN DRACHEN

MISTY MALLOY

Übersetzt von

NATHALIE HOPPER

Bearbeitet von

YANINA HEUER

Midnight
ROMANCE

Veröffentlicht in den Vereinigten Staaten von Amerika

Midnight Romance

Dieses E-Buch ist ein fiktives Werk. Während auf aktuelle historische Ereignisse oder bestehende Orte Bezug genommen werden kann, sind die Namen, Charaktere, Orte und Vorfälle entweder das Produkt der Vorstellungen des Autors oder werden fiktiv verwendet. Jede Ähnlichkeit mit tatsächlichen Personen, lebenden oder toten, Geschäftsbetrieben, Ereignissen oder Orten ist völlig zufällig.

Dieses Buch enthält Beschreibungen von vielen BDSM- und sexuelle Praktiken, aber dies ist ein Werk der Fiktion, und als solches sollte es nicht verwendet werden, um in irgendeiner Weise als Leitfaden zu dienen. Der Autor und Verleger haftet nicht für Verluste, Schäden, Verletzungen oder Tod, die aus der Nutzung der darin enthaltenen Informationen resultieren. Mit anderen Worten: Versuchen Sie das nicht zu Hause!

Inhaltsverzeichnis

 Erstellt mit Vellum

HOLEN SIE SICH IHR KOSTENLOSES BUCH!

Tragen Sie sich in meine E-Mail Liste ein, um als erstes von Neuerscheinungen, kostenlosen Büchern, Sonderpreisen und anderen Zugaben zu erfahren.

https://geni.us/jungfrauunddervampir

Veröffentlicht in den Vereinigten Staaten von Amerika

Herausgeberin: Yanina Heuer

Umschlaggestaltung: Jacqueline Sweet Designs

Der Inhalt dieses E-Books ist frei erfunden. Zwar kann auf tatsächliche historische Ereignisse oder existierende Orte Bezug genommen werden, aber die Namen, Charaktere, Orte und Ereignisse sind entweder das Produkt der Fantasie der Autorin oder werden fiktiv verwendet, und jede Ähnlichkeit mit Personen, tot oder lebendig, Unternehmen oder Schauplätzen ist rein zufällig.

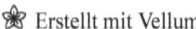 Erstellt mit Vellum

„Bereit, mir das Höschen auszuziehen?", frage ich und zwinkere dem großen, stämmigen Soldaten zu. Ich verlagere mein Gewicht von einem Fuß auf den anderen und umschließe den Griff meines Schwertes mit Leichtigkeit. Okay, ich necke ihn auf jeden Fall, indem ich ein wenig mit meinem Hintern wackle – was kein angemessenes Verhalten in einem Duell ist –, aber es ist doch nur Spaß.

„Leg los", grunzt der Soldat als Antwort und verengt seine Augen, als er mich ansieht. Das Testosteron strömt geradezu aus ihm heraus.

Er ist bereit und ich auch. Das Spiel beginnt. Ich hole kräftig Schwung und mein Schwert stürzt auf seines herab.

Unsere Waffen klirren laut, als er meinen Schlag abwehrt. Adrenalin donnert durch meine Adern. Ich gehe auf ihn zu und tänzle flink um seinen unsauberen Versuch herum, mir einen Stoß zu verpassen.

Er ist viel stärker als ich, aber ich bin schneller.

Mein Puls wird schneller und das vertraute Prickeln von Vergnügen wandert über meine Haut. Mein sexy Gegner ist unglaublich durchtrainiert und ein guter Soldat, aber gut bin ich auch.

Sogar besser.

„Komm schon, willst du mit mir spielen oder bist du ein Weichei?", frage ich und umklammere mit beiden Händen den Griff der schweren Klinge. Sie ist länger als *Kobra* und *Python*, die Schwerter, mit denen ich für gewöhnlich kämpfe, aber sie liegt perfekt in meiner Hand.

Er grunzt wieder, atmet schwer und nimmt mit seinen Füßen einen defensiven Stand ein.

„Na? Ich warte."

„Du …" Er mustert mich, als wäre ich eine Schlampe aus der Hölle, und schiebt sich eine seiner langen braunen Locken aus dem Gesicht. Konzentriert legt er seine Stirn in Falten. Seine Muskeln spannen sich gefährlich unter seiner Uniform an.

Er stürzt sich wieder auf mich und schwingt sein Schwert mit Entschlossenheit in seinem Blick. Ich springe aus dem Weg und wir spielen eine Art Spiel – er greift an, während ich mich ducke und ausweiche und leichtfüßig immer gerade noch außer Reichweite bleibe.

Seine Bewegungen werden langsamer, unsauberer. Er wird müde.

Ich überrasche ihn und die Kraft meines Schwertes entwaffnet ihn. Seine Waffe klappert zu Boden und ein Tritt in den Bauch lässt ihn stolpern und auf seinem Hintern in den Dreck fallen.

„Huuhhhhhh", presst er hervor und krabbelt wie eine kleine Krabbe rückwärts.

„Nicht doch. Bleib da." Meine Schwertspitze sitzt nun direkt an seiner Kehle, bohrt sich nicht wirklich in seine Haut, aber beinahe doch.

Er starrt mich an und die Frustration und Wut stehen ihm in sein attraktives Gesicht geschrieben. „Ernsthaft."

Langsam bewege ich mein Schwert hinunter zu seiner Männlichkeit und ziehe meine Augenbrauen hoch, während er die Augen weit aufreißt.

„Nein. Weg von meinem Gemächt." Panik breitet sich in seiner Stimme aus, als er sich in den Schritt fasst. „Du willst mich wohl verarschen."

Ich lache, stecke mein Schwert in die Scheide und biete ihm meine Hand an, um ihm hochzuhelfen. „Komm schon, Grayson. Du kennst mich doch. Ich würde niemals die Ware so beschädigen."

Vor allem, weil mir diese spezielle Ware gut gefällt. Gutes Zeug, was den Schwanz und die Eier angeht. Ich kann nicht leugnen, dass ich mit Grayson Spaß auf und abseits des Trainingsgeländes gehabt habe.

Er ignoriert meine Hand, macht keine Anstalten aufzustehen und schüttelt stattdessen den Kopf. „Verdammte Scheiße."

Kniend lege ich meine Hand über sein Paket, genau dort, wo ich eben noch das Schwert angesetzt hatte. „Ich dachte, du kämpfst gerne mit mir." Ich streiche mit meinen Fingern über den Stoff seiner Hose und reibe sanft seine Eier.

Sein Schwanz schwillt unter meiner Berührung an und schon bald knie ich einem gutaussehenden Mann gegenüber, der unter mir hart wird.

„Uff!", stöhnt er und sieht mich mit einer Mischung aus Wut und Lust an – zweifellos immer noch sauer darüber, dass ich es geschafft habe, ihm mal wieder den Arsch aufzureißen.

Er wünscht sich wahrscheinlich, dass er mich nie darum gebeten hätte, ihm zu zeigen, wie man mit einem Schwert kämpft, aber es gibt nicht allzu viele Menschen auf diesem Planeten, die noch Waffen der alten Schule benutzen. Die

Armee der Neuen Erde wurde nur mit Energieklingen und Plasmawaffen ausgebildet. Ich bin also weit und breit seine einzige Wahl.

Aber ich sehe, dass die Begierde die Überhand gewinnt, und er verändert seine Position leicht, damit ich ihn besser reiben kann. „Zu mir nach Hause?", fragt er mit starkem Verlangen in der Stimme.

Hmmm. Sehr verlockend.

Ich denke über diesen köstlichen Vorschlag nach und streichle ihn immer noch sanft. „Heute warst du besser. Wir müssen morgen nur noch etwas an deiner Form arbeiten. Und vielleicht an deiner Ausdauer."

„Meine Ausdauer ist absolut einwandfrei." Er greift nach meinen Händen und legt sie sich so auf seinen Schwanz, wie er es mag, bevor er seine Hüften zu bewegen beginnt, sodass er mich pseudo-fickt.

Ich lache. Das stimmt, in dieser Hinsicht ist er wirklich talentiert. Aber sosehr ich mich mit Grayson amüsiert habe, bin ich mir nicht sicher, wie lange ich noch damit weitermachen sollte. Bisher war es nur zum Spaß, und auch wenn ich ihm täglich den Arsch aufreiße, merke ich, dass er mehr will.

Und ich nicht. Selbst wenn ich es wollte, könnte ich nicht.

Ein Söldner ist nie lange an einem Ort. Mein Vertrag als einer der Leibwächter des Generals läuft in sechs Monaten aus und dann mache ich mich auf den Weg zu einem neuen Planeten. Auf zu einem neuen Abenteuer.

Ich habe gelernt, keine Beziehungen aufzubauen, die am Ende schwer zu lösen sind.

Grayson umschließt meine Brüste und reibt meine Nippel durch den Stoff meines Oberteils. Es ist verlockend, so unglaublich verlockend.

„Ich habe nicht mehr viel Zeit bis zu meiner Schicht", murmle ich, während er seine große Hand zwischen meinen

Oberschenkeln bewegt. Er streicht über das Leder meiner Hose und es fühlt sich so verdammt gut an.

„Es ist niemand hier", stellt Grayson fest.

Er hat recht – das Trainingsgelände ist leer. Um uns herum ist nichts außer Schmutz und Sanddünen, die sich in alle Richtungen ausbreiten.

Ich spreize meine Beine ein wenig, um ihm den Zugang zu erleichtern. Er zieht bedeutungsvoll am Saum meiner Hose.

Ein leises, zischendes Geräusch erfüllt die Luft. Ich blicke auf und sehe ein schnittiges silbernes Raumschiff über den Himmel rauschen und bald darauf aus meinem Blickfeld verschwinden.

Die Xantharianer. Scheiße! Sie sind ein paar Stunden zu früh dran.

„Hm. Die Xantharianer sind für die Frauen gekommen, mit denen sie züchten wollen, oder?", sagt Grayson.

„Ja. Aber sie sind früh dran!" Ich rapple mich auf und mache mir nicht die Mühe, mir den Staub von den Kleidern zu klopfen. Der General möchte, dass die gesamte Truppe dort dafür sorgt, dass alles reibungslos läuft. Wenn ich mich nicht beeile, komme ich zu spät.

„Warte ... Morgen?", ruft Grayson mir hinterher, während ich bereits über das Gelände laufe. Ich drehe mich um und werfe ihm einen flüchtigen Blick zu, während er dasteht mit seinem immer noch steinharten Schwanz und einem perplexen Gesichtsausdruck.

Aber dann bin ich weg.

Im Laufschritt.

Wie ich es eigentlich immer tue.

KAPITEL ZWEI

KAT

*E*ine riesige Menschenmenge hat sich bereits um das silberne xantharianische Raumschiff versammelt. Ich stehe mit den übrigen Wachen des Generals in Reih und Glied, während die Sonne auf uns niederbrennt. Werden die Xantharianer jemals herauskommen?

„Die sollen scheißen und endlich vom Topf runterkommen", murrt Jenner, mein Mitgardist.

Ich nicke. Es ist verdammt heiß auf diesem militärischen Außenposten-Planeten. Außerdem wird der General langsam ungeduldig. Er hasst es, nicht zu wissen, was vor sich geht, und er ist bereits gereizt und jammert.

Es sind Unmengen von Frauen hier, aber ich weiß nicht, welche von ihnen die Zuchtverträge akzeptiert haben und mit den Aliens wegfliegen werden. Einige weinen, lachen, umarmen sich zum Abschied, während andere einfach in stiller Erwartung dastehen. Ein energisches Summen erfüllt die Luft.

Jede hat ihre eigenen Gründe, einen Zuchtvertrag mit den Xantharianern einzugehen. Ich kann das vollkommen verstehen. Vorteile wie materieller Reichtum oder die Aussicht auf ein neues Leben und ein neues Abenteuer.

Manche wollen einfach nur Spaß mit einem blauen Alien-Schwanz haben.

Aber wenn es nach mir ginge? Nö. Niemals. Das ist nicht mein Ding.

Plötzlich verstummt die Horde der Bewohner der Neuen Erde. Das glatte, eiförmige Äußere des Raumschiffs verwandelt sich nahtlos in eine Rampe und enthüllt drei gigantische blaue xantharianische Krieger.

Sie sind riesig – in ihrer menschlichen Form unglaubliche zwei Meter zwanzig groß. Unter ihrer mittelbraunen Kleidung im Militärstil wölben sich kräftige Muskeln und die Ausdrücke auf ihren Gesichtern sind stoisch.

Die blauen Außerirdischen sind ein beeindruckender Anblick und es überrascht mich nicht, dass einige der Frauen dabei schwach werden.

„Hey, warum vergeben die Xantharianer wieder Zuchtverträge?", flüstere ich Jenner zu.

„Ein Virus", sagt Jenner. „Es hat alle Weibchen ihrer Spezies getötet."

„Alle?"

„Ja. Jedes einzelne. Und sie haben herausgefunden, dass die menschliche DNA für eine Verpaarung mit ihnen gut geeignet ist."

Wilkins, der Hauptgardist, wirft uns einen scharfen Blick zu. Er will, dass wir verdammt nochmal das Maul halten.

Verstanden.

Wilkins marschiert mit dem General und einer weiteren Wache in Richtung des Raumschiffs und wirft uns noch einen bösen Blick zu.

Die Xantharianer sind nicht als feindselig bekannt, aber ich bin trotzdem in höchster Alarmbereitschaft. Erwartungsvoll verlagere ich mein Gewicht von einem Fuß auf den anderen. Der General beginnt schon bald, so etwas wie Begrüßungen und Höflichkeiten mit den Außerirdischen auszutauschen, aber meine Hände sind nie weit von meinen Schwertern entfernt.

Einer der großen blauen Kerle holt ein Synchro-Pad heraus und scrollt darauf durch eine Liste, während er Namen aufruft. Junge Frauen treten aus der Menge hervor und gehen die Rampe hinauf, um im Schiff zu verschwinden.

Ein zierliches Mädchen mit weißblonden Haaren bewegt sich langsam und bleibt stehen, bevor sie die Rampe erreicht. Sie hält inne und ihr Blick fliegt über die Menschenmenge.

Hat sie ihre Meinung geändert?

Sie taumelt und schwankt auf ihren Füßen. Ihre Augen verdrehen sich, kurz bevor sie zu Boden stürzt.

Sie ist ohnmächtig geworden.

Ach du Scheiße!

Meine Instinkte schalten sich ein und ich renne in ihre Richtung. Ich erreiche sie nach nur wenigen Sekunden und knie mich hin, um ihr blasses Gesicht nach Lebenszeichen abzusuchen. „Hey, geht es dir gut?"

Ihre hellblauen Augen flattern auf. „Oh! Ich muss –"

„Ja. Du bist ohnmächtig geworden." Ich helfe ihr, sich aufzusetzen, und sie umklammert meine Hand.

Einer der Xantharianer kommt zu uns und kniet sich auf ihrer anderen Seite nieder. Er prüft sein Synchro-Pad. „Mira Johnson? Geht es dir gut?"

„Ja. I-ich glaube schon." Sie steht langsam auf, ist aber immer noch wacklig auf den Beinen, also hebe ich sie einfach in meine Arme. Sie ist so zart und wiegt kaum etwas.

„Ich kann sie in das Schiff bringen", verkündet der blaue Alienkerl.

„Nein, ist schon gut", sage ich, weil ich aus irgendeinem

Grund sichergehen will, dass es ihr wirklich gut geht. „Ich nehme sie. Sag mir nur, wo ich sie hinlegen kann. Sie braucht auch Wasser."

„Nun gut. Mir nach."

Der Xantharianer geht voran über die Rampe in das Schiff. Innen ist das Raumschiff genauso schnittig wie außen und blaue Außerirdische laufen umher und helfen den Frauen, in die Schlafkapseln zu klettern.

Der Xantharianer zeigt auf einen weißen Liegesessel. „Leg sie dort ab. Ich werde den Arzt holen."

Ich lege Mira ab und setze mich mit meinem Hintern auf die Kante. „Bist du sicher, dass es dir gut geht?"

Mira nickt, aber sie zittert so stark, dass ich nicht sicher bin, ob ich ihr glauben kann. „Ja, d-danke. Du weißt schon, dafür, dass du mir geholfen hast."

Ihre Hand zittert in meiner. Sie hat Angst und ich kann es ihr nicht verübeln – sie steht kurz vor der Paarung mit einem riesigen außerirdischen Krieger.

„Weißt du, du musst das nicht tun", sage ich sanft. „Ich bin sicher, du kannst hierbleiben, auf der Neuen Erde."

Sie schüttelt den Kopf, fast schon gezwungen. Ein Xantharianer ganz in Weiß – vermutlich der Arzt – kommt zu uns und reicht ihr ein Wasser. Er legt ihr einen silbernen Monitor um den Arm, der pulsiert und in einem hellen Weiß leuchtet.

„Und ... du *weißt*, dass sie sich in Drachen verwandeln, oder?" Ich will ihr nicht noch mehr Angst machen, aber ich muss sicherstellen, dass sie die Situation versteht.

Sie schluckt schwer und nickt dann. „Ich kann nicht bleiben", flüstert sie. „Mein Ex-Mann ... Er ist hinter mir her. E-er will mir wehtun."

„Ist er hier auf der Neuen Erde?"

„Nein, auf der Erde. Im Gefängnis, aber ..."

„Aber dann kann er dir nichts antun, oder?"

Mira wird noch blasser und ich fühle mit ihr. Ich möchte ihrem Ex-Mann eine Abreibung verpassen für den kranken Scheiß, den er ihr angetan haben muss. „Ich weiß nicht, wann er entlassen wird."

„Hast du Familie auf der Neuen Erde?"

„Nein. Niemanden. Ich dachte, da es ein militärischer Außenposten ist, könnte ich jemanden finden, der mich beschützt ..."

Traurigkeit legt sich über ihr Gesicht und ich nicke. Ich verstehe vollkommen, wie es ist, keine Familie um sich zu haben. Seit meine Mutter mich verlassen hat, als ich fünfzehn war, bin ich so ziemlich auf mich allein gestellt.

„Mein neuer Gefährte wird mich beschützen", fährt sie fort. „Bei ihm werde ich sicher sein." Sie lächelt tapfer und ich kann erkennen, dass sie entschlossen ist, Teil dieser Zuchtfickerei zu werden, egal was ich sage. Es geht mich sowieso nichts an.

Ich lächle sie an und drücke ihre Hand. „Wird sie wieder gesund?", frage ich den Arzt.

„Ihre Werte sind gut", sagt er. „Wir werden ihr in der Schlafkapsel Flüssigkeit geben, um ihr System aufzufüllen und zu beruhigen. Bald ist sie wieder die ganz die Alte."

Der Arzt hebt Mira von der Liege und trägt sie zu einer Kapsel, die für sie bereitsteht. Ich schreite durch den Raum auf den Ausgang zu.

Moment! Wo ist er? Alle Wände des Raumschiffs sind spiegelglatt und nirgendwo ist eine Spur von der Rampe zu sehen, durch die ich hereingekommen bin.

Ich komme an dem Xantharianer mit dem Synchro-Pad vorbei. „Bist du bereit?", fragt er.

„Ja. Ich muss zurück auf meinen Posten. Danke, dass ich mich um meine Bekannte kümmern durfte."

Er betrachtet mich verwirrt.

„Ich muss von dem Schiff runter", sage ich. „Kannst du mir bitte den Ausgang zeigen?"

„Das geht nicht. Weißt du … Wir sind bereits unterwegs. Ich wollte wissen, ob du für deine Schlafkapsel bereit bist."

Er zeigt auf das Cockpit, wo ich jetzt die riesige Weite der Sterne sehen kann. Wir sausen bereits durch das Weltall.

Was? Ich funkle ihn an. „Nein. Ich will nicht schlafen. Bitte dreht das Schiff um. Ich soll doch auf der Neuen Erde bleiben."

Der blaue Alien wirkt ratlos und scrollt durch sein Synchro-Pad. Ein weiterer Xantharianer gesellt sich zu ihm. Dieser Kerl ist noch ernster als die anderen und trägt ein besonderes Abzeichen auf der Brust.

„Ich bin Kapitän Kajmak und ich möchte mich entschuldigen", sagt er. „Es scheint, als hätten wir ein … äh … Missverständnis gehabt. Leider können wir dich nicht zurückbringen. Wir müssen rechtzeitig zur Krönung der Königin nach Xanthara zurückkehren und wir müssen noch auf Xylonn-5 für weitere Frauen Halt machen. Wenn wir jetzt umkehren, kommen wir zu spät. Ich bin gerne bereit, dir nach der Krönung eine sichere Rückreise zur Neuen Erde zu ermöglichen."

„Danach?", stottere ich. „Wie lange wird das dauern?"

„Drei Neue-Erde-Wochen, bis wir dort sind."

„Drei Wochen?" Das bedeutet weitere drei für den Rückweg.

Insgesamt sechs Wochen nicht zu arbeiten ist eine lange Zeit. So gut wie dort wurde ich seit Ewigkeiten nicht mehr bezahlt und der Bonus, den ich für die Erfüllung meines Vertrags bekomme, ist sogar noch besser. Außerdem darf ich das nicht vermasseln – ich will nicht, dass der General mich als „nicht empfehlenswert" auf die intergalaktische Söldnerliste setzt.

„Du wirst dich in der Schlafkapsel sehr wohlfühlen", betont der Außerirdische. Er sagt es so, als hätte er mir gerade das Angebot meines Lebens gemacht.

Wohl eher nicht.

Inzwischen haben sich weitere Xantharianer um uns versammelt, zweifellos interessiert an der ganzen Aufregung. Ihre starken, stoischen Kriegergesichter mustern mich.

Ach, Scheiße. Ich bin umgeben von einem Haufen riesiger, muskulöser Kerle. Das ist doch Scheiße.

„Nein, ich kann nicht mit euch kommen", sage ich. „Ich habe einen Job und einen Vertrag …"

Die Aliens starren mich weiter an. Es ist ihnen egal. Völlig egal. Sie sind auf einer Mission und entschlossen, sie zu Ende zu führen.

Nichts, was ich tue oder sage, wird sie dazu bringen, das Schiff zu wenden.

Mit einem großen Seufzer tippe ich auf mein Tele-Armband. Wilkins' Hologramm taucht einen Moment später darüber auf. Er sagt nichts, aber sein Gesicht ist knallrot und verschwitzt – er ist stinksauer.

„Okay", sage ich. „Also, ich bin auf dem Weg nach Xanthara. Aber ich kann es erklären …"

KAPITEL DREI

Manu, du kannst nicht einfach dein Leben weiterleben, als ob jeder Tag eine Party wäre. Ich schicke den Gedanken an meinen Bruder, während wir über die Kristalltürme des Palastes fliegen. *Du musst eine menschliche Gefährtin auswählen.*

Manu schnaubt, was bei Drachen einem Lachen gleichzusetzen ist. *Du musst lockerer werden, Bruder.* Seine langen blauen Flügel streifen fast meine, während er tiefer in Richtung der Gebäude hinabtaucht, die im Morgenlicht unserer Sonne schimmern. *Außerdem weißt du, dass ich in letzter Zeit nicht gefeiert habe.*

Er hat recht – alle Weibchen unserer Spezies sind tot, was den Freizeitaktivitäten meines Bruders einen Dämpfer versetzt hat.

Ich funkle Manu an. *Wirklich. Du hast keine Wahl. Wir müssen uns Gefährtinnen nehmen – das gehört zu unseren königlichen Pflichten. Wir können nicht ignorieren, was passiert ist.*

Wer hätte gedacht, dass die Varghalier uns mit einer

Biowaffe dieser Schlagkraft überfallen würden? Die alle unsere Weibchen getötet hat, bevor wir sie retten konnten?

Bevor *ich* sie retten konnte. Der vertraute Schmerz des Bedauerns und der Traurigkeit – der mit der Zeit immer schlimmer wird – bahnt sich seinen Weg tief in mein Inneres. So viele Kriegerinnen, so viele verlorene Leben.

Meine Tanten. Meine Cousinen. Meine Freundinnen. All jene, mit denen ich aufgewachsen bin und mit denen ich jeden Tag trainiert habe … Alle von einem Augenblick auf den anderen weg. Wenn ich die Gefahr nur vorhergesehen hätte, hätte ich etwas tun können, um es zu verhindern.

Ich hätte ihre Leben retten können.

Ich hätte den Varghaliern nie trauen dürfen. Aber woher hätte ich wissen sollen, dass die roten Aliens in ihren Labors einen tödlichen geschlechtsspezifischen Virus entwickelt hatten? Und dass sie einen Rachefeldzug planten? Keiner von uns hat es gewusst und es war ein Schock für uns alle.

Manu? Hörst du mir zu?

Manu sagt nichts, obwohl ich weiß, dass er mich gehört hat. Er schwebt gemächlich unter mir, die Flügel weit ausgestreckt.

Völlig sorglos.

Ärger über seine Leichtfertigkeit schießt mir durch den Körper. *Es interessiert dich also überhaupt nicht? Dass die Hälfte unserer Bevölkerung tot ist?*

Er ist immer noch still, während wir durch den dichten Dschungel gleiten. Die Stadt Na'Ru liegt nun hinter uns und ein dichter Teppich grüner Bäume bedeckt das Land.

Ein Schwarm kleiner grüner *Tuk-Tuk*-Vögel steigt zu meiner Linken auf und gesellt sich bei meinem Gleitflug zu mir. Ich blinzle sie an und sie krächzen zurück – ich glaube, sie grüßen mich. Kleine Gruppen anderer Drachen fliegen vor mir her. Einige sind auf der Jagd, während andere einen morgendlichen Ausflug machen.

Natürlich interessiert es mich, antwortet Manu schließlich. Er zuckt seine Schultern wie ein Drache. *Aber ich bin Realist. Was geschehen ist, ist geschehen. Du warst nicht in der Lage, die Weibchen vor dem Virus zu schützen, Danax. Keiner von uns war das. Willst du zulassen, dass es dich innerlich auffrisst?*

Ich sehe ihn verachtend an und ein paar Rauchwolken entweichen aus meinen Nasenlöchern. *Natürlich nicht. Das ist doch lächerlich.* Ich kann nichts tun, um die Zeit zurückzudrehen, aber das bedeutet nicht, dass wir nicht alles in unserer Macht Stehende tun sollten, um unseren Planeten neu zu bevölkern. Wir *alle*, einschließlich Manu.

Mein Bruder rast auf mich zu und fliegt einen Looping. Wieder schnaubt er.

Er lacht mich schon wieder aus.

Danax, du musst dich entspannen. Sonst kriegst du noch einen verdammten Leistenbruch oder sowas.

Ein Leistenbruch! Nein.

Wirklich. Du bist irgendwie ... schräg.

Was? Bin ich nicht, schnaube ich und schieße mit einem kräftigen Stoß hoch in den Himmel, um meinen Bruder von oben zu beäugen.

Jetzt bin ich stinksauer auf ihn. Ich brülle laut und ein wenig von dem blauen Feuer züngelt versehentlich aus meinem Mund. Es versengt beinahe Manus Schwanz.

Scheiße! Ich wollte nicht, dass das passiert.

Aber es hat nur die Spitze gestreift und Manu scheint sich überhaupt nicht darum zu kümmern. Er schnellt an mir vorbei. *Alles wird wieder gut. Was geschehen ist, ist schon vorbei, Bruder. Wir werden einen Weg finden.*

Wir wenden noch einmal in Richtung der Stadt. Na'Ru

17

breitet sich unter uns aus mit seinen gläsernen Türmen und Spitzen, die nicht so hoch sind wie die des Palastes, aber fast genauso komplex konstruiert. Sie ragen zwischen den Baumwipfeln empor – gestaltet, um den Wald zu imitieren und ein Teil von ihm zu sein.

Dies ist meine Stadt und ich bin stolz auf sie. Ich werde sie mit allem schützen, was ich habe.

Nun?, frage ich Manu. *Kann ich auf dich zählen? Kommst du wenigstens heute Abend zur Krönung, um die Menschenweibchen zu treffen?*

Manu seufzt. *Na gut. Ich werde kommen.*

KAPITEL VIER

KAT

*D*er Affe, der nicht wirklich ein Affe ist, beobachtet mich neugierig von seinem Platz im Baum aus. Er macht ein lautes, kreischendes Geräusch und das Büschel auf seinem Kopf explodiert zu einem leuchtend orangen Federschmuck.

Er macht wieder dieses Geräusch und ich lache. „Hey, Kumpel. Wie bist du hier reingekommen?" Ich schaue von einem kleinen Tisch, an dem ich sitze, nach oben. Die Wände des Atriums sind mit üppigen Pflanzen bewachsen, die zu einem Oberlicht führen. Statt hinter einer Glasschicht schweben die Wolken direkt über mir vorbei.

Da ist keine Scheibe in dem Oberlicht.

„Nun, das erklärt alles", sage ich im Plauderton zu der Affenkreatur. Das Tier sieht mich mit zur Seite geneigtem Kopf an und springt durch die Luft, um sich an die Wand des Atriums zu klammern. Seine Pfoten krallen sich nicht weit von mir entfernt in das Blattwerk.

Tatsächlich sind alle Wände meines Zimmers mit einer Schicht lebender, atmender Pflanzen bedeckt. Und obwohl es keine Fenster gibt, strömt in mein Atrium schönes natürliches

Sonnenlicht herein. Habe ich erwähnt, dass ich einen Baum in meinem Zimmer habe?

Ja. Einen echten, lebenden *Baum*. Keine sechs Meter von meinem Bett entfernt.

Und obendrauf habe ich jetzt auch noch einen Affen.

Dieses Mal macht es ein *tsk-tsk*-Geräusch und beäugt meinen Frühstücksteller.

Ich nehme etwas von dem, das mich sehr an eine gebratene Banane erinnert, und wedle damit in Richtung der Kreatur. „Ach, ich verstehe schon. Das hier willst du also, ja?" Ich lache wieder, als es seine leuchtend grünen Augen erwartungsvoll aufreißt.

Rorvars Hologramm schimmert plötzlich mal schärfer, mal weniger scharf in der Luft und erschreckt mich für eine Sekunde. Ich habe mich immer noch nicht daran gewöhnt, dass mir ein persönlicher Assistent mit künstlicher Intelligenz zur Seite gestellt wurde. Seine metallischen, einem Droiden ähnelnden Züge werden kristallklar und er blinzelt besorgt.

„Vielleicht füttern Sie den *Mawi* besser nicht", verkündet er mit seiner Roboterstimme. „Sie sind hinterhältige kleine Kreaturen und haben herausgefunden, wie man die Oberlichter abmontieren kann."

„Schon in Ordnung, Rorvar." Ich halte dem *Mawi* den Happen hin und er kommt zögerlich näher. Mit einer hastigen Bewegung schnappt er sich die Banane und schiebt sie sich in eine Backe, bevor er ein paar Meter weghüpft.

Ich biete ihm noch mehr davon an und der *Mawi* reißt mir den zweiten Leckerbissen aus den Fingern und schiebt ihn sich in die andere Backe. Dann klettert er flink an einer der Wände hinauf, bevor er im Freien verschwindet.

Ein lautes Klopfen an der Tür lässt mich schnell von meinem Platz aufstehen.

„Ich wette, es ist Mira." Ich habe sie vor einer halben

Stunde kontaktiert, damit wir an unserem ersten Tag auf Xanthara zusammen abhängen können. Ich brenne darauf, diese Stadt zu erkunden, und ich hoffe, sie auch.

„Es ist das Servicepersonal des Palastes", erklärt Rorvar. „Ich werde sie hereinlassen."

Die Tür öffnet sich und gibt den Blick auf vier spinnenähnliche Roboter frei, jeder etwa so groß wie ein Golden Retriever. Sie bewegen sich einer nach dem anderen herein, ihre glänzenden Metallteile ähneln denen großer schwarzer Spinnen. Zwei von ihnen tragen eine runde, durchsichtige Scheibe und mir wird klar, dass es sich um die neue Scheibe für das Oberlicht handelt.

Die Arachnabots ignorieren mich völlig. Sie krabbeln die Wände des Atriums hoch und beginnen mit dem Einbau der Scheibe. Bald erfüllen bohrende und hämmernde Geräusche die Luft. Blitze eines Lasers erhellen den Raum.

Ein paar Sekunden später klopft es erneut an die Tür, diesmal ist es Mira.

Sie sieht ausgeruht und ruhig aus und hat eine rosige Röte auf den Wangen. Ich grinse sie an und bin froh, dass es ihr schon viel besser zu gehen scheint.

„Was sollen wir heute unternehmen?", frage ich.

„Nun, die Krönungsgala für die Königin findet erst heute Abend statt. Und das Freudentraining beginnt erst morgen."

„Freudentraining?" Ich wackle mit den Augenbrauen. „Das klingt nach Spaß."

Miras Wangen leuchten jetzt pink. „Ja, wenn wir zur Fortpflanzung auserwählt werden, erwarten unsere Partner, dass wir … ähm, sachkundig sind … in bestimmten Techniken."

„Es besteht eine sehr interessante Größendifferenz", sagt Rorvar sehr sachlich, „zwischen der reproduktiven Anatomie menschlicher Frauen und männlicher Xantharianer."

Mira legt sich eine Hand über den Mund und ihre Augen

fallen ihr beinahe heraus. „Mein persönlicher Assistent hat dasselbe gesagt!", flüstert sie. „Kommst du morgen mit mir zum Training? Ich kenne keines der anderen Mädchen und …" Sie schluckt schwer.

„Sicher. Warum nicht? Ich helfe dir gerne."

Mira ist jetzt so knallrot wie ein gekochter Hummer, also vermute ich, dass wir mit diesem Gespräch fertig sind. Ich hänge meinen Arm in ihren ein. „Lass uns auf Erkundungs-tour gehen."

Sie nickt begeistert und wirkt glücklich darüber, dass sie nicht noch etwas zum Thema Sex mit mir besprechen muss. Wir verabschieden uns von Rorvar, bevor wir zur Tür hinaus-gehen, und sind auch hier wieder von dem üppigen Grün umgeben, das jede Wand und Decke des Palastes zu bedecken scheint.

Wir wandern durch geschwungene Korridore, werfen Blicke in kunstvoll dekorierte Räume und passieren bemer-kenswerte Torbögen. Der Palast ist wirklich einer der fabel-haftesten Orte, die ich je gesehen habe.

Riesige, muskelbepackte Xantharianer laufen überall umher und erledigen ihr Tagesgeschäft. Ein paar von ihnen starren uns an, aber niemand stellt uns Fragen. Weitere Spin-nentiere huschen die Korridore hinunter und auch andere Bots, die verschiedene Aufgaben erledigen, tauchen vor uns auf – einige sehen aus wie Orang-Utans, andere ähneln noch am ehesten Kraken. Wir entdecken sogar einen riesigen Elefanten-Roboter, der einen großen metallischen Apparat schleppt.

Schließlich betreten wir einen Balkongarten voller bunter Blumen. Unter uns breitet sich die Stadt Na'Ru aus und sie ist absolut großartig – sofort wird klar, dass die Xantharianer sie so gestaltet haben, dass sie die Natur perfekt imitiert. Glasspitzen ragen zwischen hohen Bäumen hervor, als ob die Gebäude irgendwie mit ihnen gemeinsam gewachsen wären.

„Schau!", sagt Mira. Sie deutet in die Ferne, wo sich blaue Punkte am Himmel bewegen.

Sie kommen näher und ihre Formen werden klarer.

Blaue Drachen. Xantharianer in ihrer Tiergestalt.

Und sie sind *riesig*.

Mira wird plötzlich still und rührt sich nicht mehr. Sie ist kreidebleich und umklammert das Geländer, als sei es das Einzige, was sie retten kann.

Einer der Drachen fliegt direkt auf uns zu. Seine langen Flügel peitschen durch die Luft und er fliegt schnell, schneller, als ich es je von einem so großen Biest erwartet hätte.

Ehe ich mich versehe, ist er hier.

Er schwebt über uns und öffnet seine großen Kiefer. Ich werde fast von den kräftigen Windstößen umgeweht, die von seinen Flügeln ausgehen. Dann brüllt er … so verdammt laut, dass ich das Vibrieren davon bis tief in mein Innerstes spüren kann.

Aber ich habe keine Angst. Er ist atemberaubend. Wunderschön. Er verströmt Kraft und Macht und ich kann meinen Blick nicht abwenden.

Ich habe noch nie einen Drachen gesehen.

Reitet überhaupt jemand auf diesen Typen?

Ich hätte jedenfalls nichts dagegen.

KAPITEL FÜNF

DANAX

*D*anax, *vielleicht solltest du dich zurückhalten,* sendet Manu mir seine Gedanken, während ich über den Menschenweibchen schwebe. *Du jagst ihnen eine Scheißangst ein.*

Nein, das tue ich nicht, knurre ich. Na ja, vielleicht der kleinen Weißhaarigen. Sie scheint ein wenig verschreckt zu sein und das tut mir leid – es war nicht meine Absicht, ihr Angst einzuflößen.

Aber es ist die andere, von der ich meine Augen nicht lassen kann. Ich habe ihr langes goldenes Haar schon von Weitem gesehen und konnte nicht anders, als näher zu kommen und sie mir genauer anzusehen.

Sie ist wunderschön.

Gebräunte Haut und Lippen, die zum Küssen einladen. Üppige Brüste, die aus ihrem weißen Top quellen. Und ihre Kurven – genau an den richtigen Stellen.

Ich möchte sie berühren. Sie lecken. Ihre Brustwarzen in meinen Mund saugen.

Ich muss mich sehr beherrschen, nicht auf dem Balkon zu

landen, mich in meine menschliche Gestalt zu verwandeln und sie für mich zu beanspruchen. Ich habe noch nie ein Menschenweibchen gehabt, aber dieses will ich auf der Stelle nehmen.

Wie schön wäre es, sie über die Kante des Geländers zu beugen, mich tief in ihr zu versenken und meine Lust lautstark in den Dschungel zu brüllen.

Es wäre fantastisch.

Dieses kleine Wesen ... Irgendetwas an ihr zieht mich an. Wie soll ich mir das erklären? Ich kann dieses intensive, plötzliche Bedürfnis gar nicht begreifen.

Ich gleite noch tiefer hinab und meine Flügel pumpen kräftig. Das Haar meines Menschenweibchens wirbelt wie ein Tornado um ihren Kopf, wild und frei. Wie würde es sich anfühlen, meine Hände darin zu vergraben? Fest daran zu zerren, ihr klarzumachen, dass sie mir gehört?

Sie rührt sich nicht und schaut weiter zu mir auf. Ihre Züge sind stark. Kühn.

Das gefällt mir ...

Diese Kühnheit. Diese Sicherheit.

Sie hat überhaupt keine Angst vor mir.

Doch die andere zittert vor Angst. Sie schreit auf und rennt plötzlich zurück in Richtung Palast.

„Mira!", ruft mein goldhaariges Menschenweibchen. „Warte! Er wird dir nichts tun!" Und dann rennt sie auch weg und folgt ihrer Freundin, bis beide im Inneren des Palastes verschwinden.

Ich höre Manus Flügelschlag, als er sich von hinten nähert. *Gut gemacht, Bruder. Anstatt diese liebenswerten Menschen willkommen zu heißen, hast du es geschafft, sie in die Flucht zu schlagen. Warum musstest du wie ein Irrer hierherstürmen?*

Ich funkle ihn an. Ich wollte sie nicht erschrecken und ich bin ganz sicher nicht *gestürmt*.

Manu liegt völlig falsch.

Heute Abend werde ich mein goldhaariges Menschenweibchen bei der Krönung sehen. Sie weiß es noch nicht, aber sie gehört bereits mir.

KAPITEL SECHS

KAT

„*D*u willst mich wohl *verarschen*." Ich starre auf das gute Dutzend Abendkleider in dem Schrank. „Ich darf keine Hosen tragen? Wie wärs mit einem schönen Hosenanzug oder sowas?"

Rorvar lacht schallend. „Auf keinen Fall! Dies ist die Krönung der neuen Königin! Es ist ein formeller Anlass. Außerdem habe ich diese Auswahl auf der Grundlage Ihrer Maße und dessen, was Ihnen gefallen könnte, für Sie treffen lassen. Bitte, sehen Sie sie sich wenigstens an."

„Ich … Ich weiß nicht." Ich seufze und fange an, mir die Kleidungsstücke im Schrank durchzusehen. Ich habe seit Jahren kein Kleid mehr getragen, geschweige denn etwas Elegantes.

Das passt überhaupt nicht zu mir.

Das erste Kleid ist schwarz, seidig und wirklich elegant. Daneben hängt ein knallig pinkes Kleid mit einer Art kunstvollem, buschigem Federschwanz. Heilige Scheiße … Das lasse ich sofort links liegen.

Ich wühle weiter. Ein rotes Etuikleid mit seltsamen

konzentrischen Kreisen. Ein enges Kleid im Meerjungfrauen-Stil. Ein silbernes Kleid mit Tutu.

Ich halte bei einem schimmernden blauen Kleid inne. Das Material ist glatt und glänzt im Licht wie die Schuppen eines Drachen.

Es ist schön. Wirklich schön. Aber ich schiebe es schnell beiseite, … denn ich habe absolut keine Ahnung, wie ich so etwas überhaupt tragen soll.

Ich komme an das Ende der Kleiderstange, kurz davor, eine Meuterei anzuzetteln, als ich auf eine weiche braune Lederhose stoße. Bei genauerem Hinsehen entdeckte ich noch ein paar Hosen in Dunkelblau und Schwarz. Passgenaue, bequem aussehende Oberteile hängen dahinter.

Sie sehen perfekt aus und ich sehe sie sehnsüchtig an. Seit ich hier angekommen bin, trage ich noch immer mehr oder weniger dieselben Sachen.

„Rorvar … Die Hosen sind auch für mich?"

„Natürlich. Geschaffen mit einer Technologie, die Leder perfekt nachahmt, aber ein viel atmungsaktiveres und geschmeidigeres Material hervorbringt. Vollständig vegan. Ich dachte, sie könnten Ihnen gefallen, und ich habe sie speziell für Sie anfertigen lassen."

„Wirklich? Nur für mich?"

„Natürlich."

Ich nehme eine der Hosen aus dem Schrank und bewundere, wie unglaublich weich das Material sich anfühlt. Es dauert eine Sekunde, bis ich das alles verarbeitet habe. Rorvar hat sich große Mühe gegeben, das für mich zu tun.

„Gefällt Ihnen Ihr Geschenk?", fragt der Roboter.

Ein Geschenk. Genau das ist es.

„Danke", murmle ich, weil mir die Worte fehlen.

Rorvar schaut mich neugierig an. „Sie wirken sehr still. Das ist sehr untypisch für Sie. Ich habe alle Informationen über menschliche Emotionen in mein Datensystem herunter-geladen, aber ich frage mich, ob ich etwas übersehe. Gefallen Ihnen die Kleidungsstücke nicht?"

„Nein! Das ist es nicht. Ich … Ich finde sie toll. Wirk-lich." Ich halte inne. „Es ist nur … Normalerweise sind es Freunde und Familienmitglieder, die sich gegenseitig Geschenke machen. Ich habe keine Familie und Söldner bleiben nie lange genug an einem Ort, um echte Freunde zu finden. Ich kann mich nicht erinnern, wann mir das letzte Mal jemand ein Geschenk gemacht hat."

Wahrscheinlich nicht, seit ich eines Morgens aufgewacht bin – nur wenige Tage nach meinem fünfzehnten Geburtstag – und einen Zettel meiner Mutter gefunden habe. *Ich kann die Sache mit dem Mutter-Sein nicht mehr durchziehen. Liebe dich.*

Also habe ich mich als blinder Passagier auf einem Schiff aus dem Staub gemacht, das die Erde verlassen hat. Ich wollte auf keinen Fall in Gewahrsam genommen werden, bevor ich volljährig war. Auf der Suche nach einer Lösung habe ich mich als Söldner ausbilden lassen und meinen Lebensunterhalt damit verdient, Monster zu töten und mein Schwert für alles zu benutzen, wofür die Leute mich bezahlen wollten.

Zehn Jahre später tue ich immer noch dasselbe. Wenn ich eine Sache gelernt habe, dann die, dass das Leben eines Söld-ners verdammt aufregend ist.

Solange es einem nichts ausmacht, allein zu sein. Und mir macht es nichts aus.

Rorvar legt seinen Kopf zur Seite und verarbeitet diese Informationen. „Alles in Ordnung, Kat?"

„Natürlich." Ich grinse ihn an, auch wenn es sich aus irgendeinem Grund ein wenig gezwungen anfühlt. „Ich bin das alles gewohnt. Mir gefällt mein Leben so."

Ich lege die Hose wieder in den Schrank zurück und drehe mich noch einmal zu Rorvar um. „Und nochmals danke für all die Sachen. Ich liebe sie wirklich – nicht die Kleider, aber, du weißt schon. Den ganzen Rest."

Rorvar gibt ein seltsames, mechanisches Schnurren von sich wie eine zufriedene Katze. Mein Grinsen wird noch breiter – ich bin froh, dass Rorvar glücklich ist.

Ach, scheiß drauf. Ich kann Rorvar genauso gut eine Freude bereiten. Ich ziehe das Drachenschuppenkleid aus dem Schrank.

Es wird mich nicht umbringen, es zu tragen.

Zumindest hoffe ich das nicht.

DREIßIG MINUTEN später stöckle ich in dem Kleid und einem Paar Killerstilettos durch den Palast. Ich taumle tollpatschig vor mich hin, unfähig, meine üblichen langen Schritte zu machen, es sei denn, ich möchte mit dem Knöchel umknicken. *Verdammt, Rorvar!* Leise flüstere ich weitere Flüche und bedaure schon jetzt, dass ich mich zu diesem lächerlichen Outfit überreden habe lassen.

Der Palast platzt aus allen Nähten mit riesigen blauen Xantharianern. Sie sind immer noch alle knurrig und mürrisch, aber jetzt tragen sie auch eine schicke Abendgarderobe – schneidige, Smoking-ähnliche Outfits. Ihre Muskeln wölben sich wie immer, aber auf eine viel weniger plumpe Art und Weise.

Schön. Zurechtgemacht sehen sie wirklich gut aus.

Ein paar der großen Jungs starren mich an, aber ich gebe vor, sie zu ignorieren, während ich beiläufig meine Umgebung nach potenziellen Bedrohungen absuche. Meine Hand streicht leicht gegen meinen Oberschenkel – wo ich mir direkt unter dem Kleid meine Wurfmesser umgeschnallt habe –, während ich der Menge in Richtung eines Eingangs folge.

Xantharianer strömen zwischen den verzierten Kristallsäulen hindurch und ich schließe mich ihnen an, um mich in einem kunstvollen Thronsaal wiederzufinden. Alles schimmert in Silber und Blau. Die Decke ist eine durchgehende Glasfläche, die das Licht der Sterne hereinlässt.

Auf der gegenüberliegenden Seite des Saales stehen zwei Throne. König Aurelian sitzt hoch und stoisch auf einem davon und an seiner Seite sitzt seine Königin. Die neue Königin von Xanthara. Ihre Krone funkelt mit Edelsteinen, aber es sind nicht ihre Juwelen, die mich innehalten lassen.

Sie ist wunderschön. Einfach umwerfend und atemberaubend schön. Langes rotes Haar fließt über ihre Schultern und ihr Gesicht sieht aus, als wäre es aus Porzellan gegossen. Ihre herzförmigen Lippen sind rubinrot geschminkt.

In einer ihrer Hände hält sie ein Zepter und die andere hält König Aurelians Hand fest. Ihre anderen beiden Hände – ja, sie hat *vier* davon, natürlich an zwei weiteren Armen – liegen anmutig auf ihrem Schoß. Sie lächelt in die Menge und wirklich – sie ist großartig.

Offensichtlich ist sie weder Mensch noch Xantharianerin, aber ich erkenne die Spezies nicht.

„Hey." Ich stupse den Außerirdischen neben mir an. „Wo kommt die Königin her?"

Er sieht mich an, als hätte ich meinen Verstand verloren. „Die Königin ist Varghalierin." Etwas ist merkwürdig an der Art und Weise, wie er es sagt, und sogar an seinem Blick, als er ihn wieder auf die Monarchen richtet.

Ah, Varghalier. Okay. Ich habe von ihnen gehört, nur noch nie einen von Angesicht zu Angesicht getroffen. Gerüchten zufolge sind sie ziemlich blutrünstig und skrupellos.

Ich beobachte die Königin genau. Sie sieht überhaupt nicht blutrünstig aus. Sie scheint eigentlich recht freundlich zu sein. Und jetzt, wo ich darüber nachdenke, wird mir klar, dass ich nicht einmal ihre Geschichte kenne.

Ich erwäge, meinen Nachbarn noch einmal zu befragen, als ein Schlangenroboter mit einem Tablett vorbeigleitet, auf dem etwas liegt, das wie etwas in Speck Gewickeltes aussieht. Mein Magen knurrt laut und ich schnappe mir eines der Häppchen und stecke es mir in den Mund.

Der Schlangenroboter richtet sich weiter auf, um mir weitere Häppchen zu präsentieren. „Danke!", sage ich. Der Roboter zischt als Antwort. Ich nehme mir noch zwei weitere davon und stecke sie mir nacheinander in den Mund. In der Zwischenzeit kommt ein anderer Roboter mit einem Tablett voller bunter Cocktails vorbei.

Ich nehme einen blauen vom Tablett und nehme einen Schluck. Extrem süß, was ich normalerweise nicht bei einem Drink mag, aber wirklich lecker. Ich kippe mir den ersten hinunter und schnappe mir einen weiteren, während mein immer wachsames Söldnerradar in den Warnmodus wechselt.

Jemand beobachtet mich. Ziemlich genau sogar.

Ich lasse meinen Blick schweifen und da ist er. Vielleicht drei Meter von mir entfernt. Er hat dunkles Haar und ein ausdrucksstarkes, kantiges Gesicht. Seine Augen sind strahlend blau und irgendwie …

Durchdringend.

Ich schlucke, weil meine Kehle plötzlich trocken ist. Ich nehme noch einen Schluck von meinem Drink.

Er hält einen blauen Cocktail in der Hand und führt ihn, ohne mich dabei aus den Augen zu lassen, langsam an seine Lippen.

Ein seltsames Kribbeln regt sich in meinem Bauch. Hitze baut sich in meinem Innersten auf. Ich habe noch nie erlebt, dass ein riesiger Außerirdischer mit einem mädchenhaften Drink so sexy sein kann.

Irgendwie kommt er mir bekannt vor, als hätten ich ihn schon irgendwo gesehen, aber ich kann es nicht genau sagen. Er bewegt sich, als wolle er zu mir herüberkommen, aber dann wird er unterbrochen. Ein anderer Xantharianer steht jetzt an seiner Seite und deutet auf den König und die Königin.

Cocktailtyp scheint im Begriff zu sein, ihn zu ignorieren, aber sein blauer Freund deutet wieder eindringlich. Er wirft mir noch einmal einen langen Blick zu und macht mit seinem Drink eine Bewegung, als würde er mit mir anstoßen.

„Zum Wohl", murmle ich und hebe mein Glas.

Dann ist er weg, verschwindet in der Menge blauer Körper.

Hm.

Interessant.

Das laute Gerede im Saal geht plötzlich in ein leises Murmeln über. Die Xantharianer schlurfen beiseite, als würden sie einen Weg freimachen. Ich recke meinen Hals, versuche zu erkennen, was vor sich geht, und beginne, mich durch die Menge zu schlängeln.

„Vivi Valenzuela von der Erde", dröhnt eine Stimme durch den Raum.

Ich quetsche mich zwischen zwei große Kerle und entdecke sie, ein winziges Mädchen mit kurzem lockigem Haar. Sie trägt ein lila Kleid mit einem bauschigen Tüllrock und einem funkelnden Haarreifen. Sie lächelt strahlend, aber ich sehe, dass sie zittert.

Gott, sie hat panische Angst und ich kann es ihr nicht verübeln. Alle Xantharianer beobachten sie schweigend – nicht auf unheimliche Art und Weise, aber es ist trotzdem ein wenig seltsam. Als Vivi den König und die Königin erreicht, macht sie einen Knicks und die Königin lächelt wieder.

„Willkommen", sagt die Königin. Vivi murmelt schnell einen Dank und verschwindet in der Menge.

„Riga Dallessandra aus der Menschenkolonie Terre L'Sair", dröhnt die Stimme wieder und dieses Mal tänzelt eine Brünette mit riesigen Brüsten den Gang hinunter. Ihr kunstvolles Pfauenkleid ist über und über mit Federn bestückt – die Federn sind tatsächlich *überall* – und sie wippen umher, als sie sich auf den König und die Königin zubewegt. Sie ist viel selbstbewusster als Vivi und zwinkert sogar dem einen oder anderen der blauen Jungs zu.

Ich schicke ein kurzes Dankeschön dafür hinaus ins Universum, dass ich nicht Teil dieser ganzen Paarung-mit-den-Xantharianern-Sache bin. Meinen Arsch vor ihnen allen wie einen leckeren Fleischspieß vorzuführen? Nein danke, nicht mein Ding.

Gleich morgen Früh werde ich mir Kapitän Kajmak vorknöpfen. Ich habe genug Zeit auf diesem Planeten verschwendet und Wilkins und den General lange genug verärgert.

Und was wird mit Mira geschehen? Ich suche nach meiner Freundin und da ist sie – beinahe am Ende der Schlange, das Kinn und den Kopf hoch erhoben. Ich weiß, dass sie Angst hat, aber sie ist mutiger, als sie sich selbst zugesteht.

Ich winke ihr zu, aber sie scheint mich nicht zu sehen. Sie starrt geradeaus mit Entschlossenheit in ihrem Ausdruck.

„Entschuldigung, … hoppla, ich muss hier durch", sage ich und dränge mich durch die blaue Horde, um ihr näher zu kommen. Ich winke erneut und schließlich sieht sie mich. Ein mutiges Lächeln erblüht auf ihrem Gesicht.

Ein Gefühl der Erleichterung überkommt mich. Es wird ihr gut gehen, das weiß ich einfach.

Wir grinsen einander an, während sich die Reihe der Frauen weiter vorwärtsbewegt, bis sie aus meinem Blickfeld verschwindet. Ich verweile hier für ein paar Augenblicke, lausche der dröhnenden Stimme des Ansagers und begegnete dem Blick des Mädchens ganz hinten in der Reihe.

Sie trägt ein rotes Kleid, das zu ihrem knallroten Haar passt, und hat Sommersprossen im Gesicht. Wahnsinnig hübsch auf eine ungewöhnliche Weise. Sie grinst mich an und Unheil blitzt in ihren Augen auf.

Sie glättet ihr Haar, schüttelt den Rock ihres Kleides auf … und verlässt die Schlange, um hinter einer hohen Säule zu verschwinden.

Hmm. Vielleicht hat sie beschlossen, dass sie doch keinen blauen Alien-Schwanz will. Oder dass sie etwas flüssigen Mut oder vielleicht sogar einen schnellen Snack braucht. Mein Magen knurrt bei dem Gedanken.

Ich schlängle mich durch die Menge, bis ich finde, was ich suche – einen weiteren Schlangenroboter mit einem Tablett voller weiterer schmackhafter Häppchen. Diese hier sind knusprig und köstlich und ich genieße sie, während ich weiter die Würstchenparty in seiner ganzen Pracht beobachte.

Der Ansager ruft die Namen auf … Die Mädchen schwingen mit ihren Hüften … Die großen Kriegertypen schauen ihnen dabei zu …

Und die Rothaarige taucht vor mir auf und steht auf der gegenüberliegenden Seite des Vorspeisetabletts.

Wow. Ich habe gar nicht bemerkt, dass sie herübergekommen ist.

„Hallo", sagt sie mit einem strahlenden, fröhlichen Grinsen, bevor sie sich eine Vorspeise in den Mund steckt. Meine

Instinkte sind bereits wach und ich bin auf der Hut und mustere sie skeptisch.

Sie ist aus dem Nichts aufgetaucht. Ziemlich verstohlen, wenn man mich fragt. Aber ich habe eine sehr präzise Menschenkenntnis und ich nehme positive Schwingungen an ihr wahr.

„Wo hast du denn gelernt, dich so anzuschleichen?", frage ich. „Du bist wie ein verdammter Ninja."

Sie lächelt und zuckt mit den Schultern, schnappt sich noch ein Häppchen und ich mir auch. Still stehen wir beisammen, während wir essen, bevor sie nach einer Serviette greift und vorsichtig ihren Mund abtupft.

„Lass uns von hier verschwinden", sagt sie augenzwinkernd. „Was sagst du?"

KAPITEL SIEBEN

KAT

Ich weiß rein gar nichts über meine glitzernde neue Begleiterin, aber ich lasse den Dingen gerne ihren Lauf. Hier läuft gerade eines von zwei möglichen Szenarien ab. Szenario eins: Sie will mich aus dem Palast locken und aus welchem Grund auch immer töten. Szenario zwei: Sie will nur ein wenig Spaß haben. Daran ist nichts auszusetzen.

Sie ist viel kleiner als ich und ich habe das Gefühl, dass ich es locker mit ihr aufnehmen könnte, sollte sie etwas im Schilde führen. Außerdem wäre ich überall lieber als hier.

Komm schon, Abenteuer, legen wir los.

„Sicher", sage ich. „Tun wir das."

Die Rothaarige hängt ihren Arm bei mir ein und führt mich über den belebten Korridor. „Ich bin Piper."

„Kat."

Sie drückt freundlich meinen Arm und obwohl sie zierlich ist, sehe ich, dass sie Kraft hat. Echte Kraft.

Sie trägt auch Stilettos, aber sie kommt viel besser damit zurecht als ich. Sie schwingt ihre Hüften und gleitet in einem schnellen Tempo vorwärts, während ich beinahe schon trample.

„Machst du das oft?", frage ich. Sie dreht sich zu mir um und ich deute mit der Hand vage auf uns beide.

„Ab und zu." Sie lacht und grinst. Sie kneift ihre Augen ein wenig zusammen und strahlt Frohsinn und Lässigkeit aus.

Ja, ich mag dieses Mädchen.

Als wir den Vorhof des Palastes erreichen, wimmelt es dort nur so von blauen Außerirdischen. Immer mehr Xantharianer kommen an. Wir halten inne und betrachten beide die grimmig dreinblickenden Palastwachen.

Piper wirft mir einen Blick zu und schüttelt den Kopf. „Ich weiß nicht. Wir könnten versuchen, einfach da rauszumarschieren …"

„Aber ich bin mir nicht sicher, ob die großen Jungs sich darüber freuen würden, wenn ihre potenziellen Partnerinnen abhauen."

Piper nickt. „Richtig. Gehen wir hier lang."

Wir gehen an einer hohen Hecke entlang. Piper zieht ihre Schuhe aus und wirft sie darüber. Leise und verstohlen wie eine geschmeidige rote Katze klettert sie die Hecke hinauf und schon bald ist sie dahinter verschwunden.

Ich folge ihr – werfe meine Schuhe auf die andere Seite und hoffe, dass ich sie später wiederfinden werde, obwohl ein Teil von mir sich wünscht, sie für immer loszuwerden. Aber im Moment sind sie alles, was ich habe, und barfuß zu gehen scheint mir eine ziemlich dumme Idee zu sein. Mein Kleid ist verdammt eng, aber ich ziehe es hoch und kurz darauf bin ich auch drüber.

Bis ich es auf der anderen Seite auf den Boden geschafft und meine Schuhe eingesammelt habe, hat Piper bereits ein Schwebetaxi gerufen. Sie springt auf die Rückbank und ich gleite hinter ihr hinein. „Bring uns bitte zu einer Bar", sagt sie zu dem Schwebetaxi. „Etwas Amüsantes. Nicht zu schick."

Das Armaturenbrett des Taxis antwortet mit einem

Piepton und wir zischen davon. Die Glaskonstruktionen des Palastkomplexes sausen an uns vorbei und schon bald sind wir in der Stadt. Prachtvolle Gebäude und Bäume sind überall zu sehen.

Die gleißenden Lichter der Stadt weichen bald einem schummrigeren Stadtteil. Die Gebäude sind hier weiter voneinander entfernt und die Baumstämme dicker.

Das Taxi gleitet zum Stillstand. „Die Grube", piepst es und die Türe gleitet mit einem Zischen nach oben, sodass wir aussteigen können.

Üppiger Dschungel umgibt uns. Lichter, Musik und lautes Gelächter kommen aus der heruntergekommenen Spelunke auf der anderen Straßenseite.

Piper und ich grinsen einander an, während das Taxi in die Nacht davonzischt.

Bingo.

Ich schwanke über den Gehweg und meine Schuhe versinken in tiefem, weichem Schmutz. Ich öffne die Tür und höre den Klang der Musik, die mir ins Gesicht dröhnt, und den süßen Geruch von *Duhan*-Tabak, der in der Luft wabert.

Die Bar ist schummrig und voll bis auf den letzten Platz – nicht nur mit Xantharianern, sondern auch mit anderen Aliens. Mehrere große, tentakelartige Zyloiden sitzen an der Bar. Zweifellos sind sie für Warenhandel oder andere Geschäfte auf dem Planeten. Ihre kränklich grünen, mit Beulen übersäten Körper leuchten schwach im Dunkeln und ich ignoriere sie – ein paar von der Sorte habe ich schon einmal kennengelernt und sie sind nicht freundlich. Überhaupt nicht.

Ein paar spärlich bekleidete Xantharianerinnen sitzen auf ihren Schößen. Der Barkeeper ist auch eine Frau.

Moment mal!

Xantharianerinnen? Hat das Virus nicht alle Weibchen befallen?

Ich tripple in Richtung Theke und halte meinen Blick auf die Barkeeperin gerichtet. Sie hat dichtes, dunkel glänzendes Haar, Wimpern, die wie wuschelige Raupen aussehen, und pralle Lippen, deren Üppigkeit an einen Schmollmund erinnert. Sie dreht sich um, um nach einem Glas zu greifen, und da ist es – ihr bauchfreies Schlauchtop enthüllt ein Paneel auf ihrem unteren Rücken, das offensteht. Ein paar Kabel stehen heraus.

Sie ist ein Roboter.

Nun, das erklärt alles. Die Weibchen hier sind alle Roboter – Bots.

Ich wähle einen leeren Platz neben einem großen, kräftigen Xantharianer. Piper setzt sich neben mich und beginnt sofort ein freundliches Gespräch mit einem zweiköpfigen Mann auf ihrer anderen Seite.

„Einen *Rakija*, bitte", sage ich zur Barkeeperin, als sie zu uns kommt. „Welche Sorten hast du?"

„Weiß und Gold."

„Gold. Danke." Ich halte für eine Sekunde inne, da ich weiß, dass Bots keine Gefühle haben, aber trotzdem … Ich bin mir nicht ganz sicher, wie ich die Sache mit dem Paneel ansprechen soll. „Hey. Du hast da eine Kleinigkeit …" Ich zeige auf ihren unteren Rücken.

Sie reckt ihren Hals hinter sich. „Danke!", sagt der Bot und klappt das Paneel zu. Es fügt sich nahtlos in ihr blaues Fleisch ein.

Sie eilt davon, um meinen Drink einzuschenken, und der große blaue Kerl zu meiner Rechten rutscht ein wenig näher an mich heran. „Menschen, was? Wieso seid ihr heute Abend nicht im Palast?"

„Die Krönungsparty war nicht wirklich unser Ding."

„Tja, nun … Ich war nicht eingeladen. Nur die hohen Tiere dürfen an sowas teilnehmen." Er zieht eine Augenbraue hoch. „Aber ich bin froh, dass ihr hier seid. Ich bin sicher, wir können uns gegenseitig unterhalten, meinst du nicht?"

Seine Hand gleitet über meinen Oberschenkel. Mein Messer ist im Bruchteil einer Sekunde nur Zentimeter von seinen Eiern entfernt. „Wie wärs, wenn du deine Hand da wegnimmst", sage ich freundlich, „es sei denn, du brauchst die hier nicht mehr?"

Anscheinend mag er seine Nüsse und bewegt schnell seine Hand weg.

„Hey", knurrt er und wendet seinen Blick ab. „War ja nicht böse gemeint."

Er starrt finster in sein Getränk. Und da erkenne ich ihn – den Ausdruck der Traurigkeit auf dem Gesicht dieses ernsten Kriegers.

Der weibliche Barkeeper-Bot bringt mir meinen Drink. „Für ihn auch einen, bitte." Ich werfe noch einen Blick auf seine herabhängenden Schultern. „Weißt du was, mach einen Doppelten daraus."

Ich nehme einen Schluck von dem Schnaps und lasse das Brennen meine Kehle hinunterrieseln. „Los, koste mal", sage ich zu meinem mürrischen neuen Freund. Ich sehe zu, wie er sich den Drink hinunterkippt und dann mit verzogenem Gesicht schluckt. „Also, willst du mir erzählen, was dich bedrückt?"

Er zuckt mit den Achseln. „Einfach … alles."

Ich warte. Ich weiß, dass da noch mehr kommt.

„Ich vermisse meine Gefährtin."

„Das tut mir leid." Und wirklich, das tut es. Ich fühle mich schrecklich wegen dem, was den Xantharianern widerfahren ist.

Er bestellt noch einen Drink. Kippt ihn sich hinunter. „Und an allem ist die rote Schlampe schuld."

„Die rote Schlampe?"

„Die rote Königin. Das schönste Wesen im Universum, so heißt es zumindest."

„Die einzige Königin, die ich hier kenne, ist Königin Ariadne. Die neue Königin."

„Ja, die", murmelt er. Er fängt an, seine Worte zu lallen. „Die ganze Sache ist total krank. König Aurelian weigerte sich mehr als dreißig Jahre lang, sich eine neue Gefährtin zu nehmen, nachdem seine Frau bei der Geburt gestorben ist. Und als er dann so weit ist, was tut er? Sucht sich die Frau eines anderen aus. Die des varghalischen Kriegskommandanten. Es ist also auch König Aurelians Schuld."

Himmel.

Er deutet dem Barkeeper-Bot, unsere Gläser aufzufüllen. Schweigend gönnen wir uns noch ein paar davon.

„Ich wette, der Kriegskommandant war sauer?"

„Ja … Ich weiß nicht. Er schickt ein Hochzeitsgeschenk, … einen Bienenstock … mit dem süßesten Honig, sagt die Königin. Ihrem Lieblingshonig." Er schwankt auf seinem Sitz und ich lege eine Hand auf seine Schulter, um ihn zu stabilisieren. „Sie ist aufgeregt, … öffnet den Thermo-Verschluss … und sie schwärmen aus. Fuchsteufelswild, die Biester. Überträger …"

Er legt seinen Kopf in seine Hände. „Und dann … ist es zu spät."

Er ist sturzbetrunken, aber ich zähle eins und eins zusammen. Die Bienen – ein Geschenk, von dem die Varghalier wussten, dass die Königin es lieben würde – waren Überträger, dazu gedacht, ein Virus zu verbreiten. Eines, das sie gentechnisch so verändert haben, dass sie nur das weibliche Genom befallen. Die Bienen brauchten höchstwahrscheinlich nicht einmal so viele Individuen zu stechen, denn wenn das Virus über die Luft übertragen wurde …

Hat es sich wahrscheinlich verdammt schnell verbreitet.

Ich denke zurück an die Gesichter der Xantharianer bei der Krönung. Im Beisein des Königs und der Königin waren sie ehrfürchtig.

Aber irgendetwas stimmte nicht.

Jetzt ergibt alles einen Sinn. Die roten Außerirdischen wollten Rache nehmen, weil man ihnen ihre Königin gestohlen hatte, und obwohl die Krise nicht ihre Schuld war …

Hassen die Xantharianer sie. Und sie haben den Respekt vor ihrem König verloren.

„Und deshalb … komme ich seither in diese Bar … Du weißt schon … für die Damen", erzählt der Xantharianer weiter und schwankt noch heftiger, „aber heute sind keine mehr übrig. Verdammte Zyloiden-Schlaröcher." Er bekommt Schluckauf. „Verdammt! Arschlöcher! Ich meinte Arschlöcher."

Ich sehe mich in der Bar um. Es ist wahr – es scheint, als hätte fast jeder Alien mit Tentakeln einen Bot auf seinem Schoß sitzen.

Einer der Zyloiden an der Bar erwidert meinen Blick. Sein Gesicht ist ein verbeultes grünes Desaster, aber ich kann ein paar Merkmale wie Augen und einen Mund erkennen. Er zeigt mir seine langen, spitzen Reißzähne und macht ein kehliges Kratzgeräusch.

„Sprichst du intergalaktischen Standard?", frage ich. Er versucht eindeutig, mit mir zu kommunizieren, aber ich spreche seine Sprache nicht.

Das Kratzen geht weiter, diesmal lauter. Er winkt mir mit ein paar freien Tentakeln zu, die gerade nicht unter dem Rock des Bots stecken.

„Er will wissen, … warum du ihn und seinen … ähhhh … Fickbot anstarrst", lallt mein blauer Freund. Er taumelt und kippt ohnmächtig um, ein massiger blauer Haufen auf dem Boden.

Ich verenge meine Augen auf den schleimigen Zyloiden. Ich bin kein Freund seiner Einstellung, nicht mir und schon gar nicht dem Bot gegenüber. Sie wurde vielleicht für einen bestimmten Grund entworfen, aber das bedeutet nicht, dass er sich deshalb wie ein Arschloch benehmen muss.

Diesmal verwandelt sich das krächzende Geräusch des Zyloiden in ein lautes, kreischendes Knarren und er knallt seinen Drink auf die Theke. Glassplitter fliegen in alle Richtungen. Dann wirft er seinen Bot beiseite und stürmt auf mich zu, wobei er sich angesichts seiner massigen Statur überraschend schnell bewegt.

Binnen einer Sekunde wirft er sich auf mich. Meine Fäuste fliegen ihm ins Gesicht.

Quetsch!

Klatsch!

Patsch!

Igitt. Sein Fleisch ist so matschig, dass es eine Herausforderung ist, ein paar gute Treffer zu landen.

Er hält für eine Sekunde inne, überrascht von der Stärke meiner Schläge, aber er hat einen leichten Vorteil mit seinen vielen Tentakeln. Sie wandern an meinem Kleid hoch und ich verfluche zum millionsten Mal mein lächerliches Outfit.

Einer der Tentakel spannt sich um meinen Oberschenkel und ich werde von den Füßen gerissen. Er schwingt mich auf dem unebenen Boden im Kreis herum. Ich rüste mich, als mein Körper in die Menge der überraschten Außerirdischen kracht.

Ein weiterer Tentakel zuckt in der Nähe meiner Muschi

und ein dritter bahnt sich seinen Weg über meine Arschbacke in Richtung meines Hintereingangs.

Oh, verdammt nein.

Verdammter, dreckiger Zyloide!

Ich greife nach meinen Messern und ramme sie ihm in seine Tentakel. Er kreischt vor Schmerz auf und lässt sofort von mir ab, sodass ich zu Boden stürze. Ich rolle mich zu einer festen Kugel zusammen und kullere in sichere Entfernung.

Er ist schon fast wieder über mir, aber ich bin vorbereitet – meine Messer sind gezückt und ich wirble sie wild herum, nur so zum Spaß. Ich wünschte, ich hätte meine Schwerter dabei, aber sie passten nicht zu dem Kleid.

„Na komm, hol dir deine Abreibung!", verspotte ich meinen Gegner und grinse ihm ins Gesicht.

Ich bin gerade dabei, mir eine schöne Stelle auszusuchen, in die ich dem Zyloiden mein Messer rammen kann, als hinter ihm ein Xantharianer mit roten Haaren auftaucht. Er reißt ihn weg, brüllt laut auf und schleudert den sich windenden grünen Außerirdischen über die Theke. Der Barkeeper-Bot quietscht überrascht auf und weicht aus, kurz bevor der Zyloide in ein Regal mit Spirituosenflaschen kracht.

Er wirkt ein wenig verblüfft. Langsam gleitet er an der Wand hinunter und endet als schleimiger Klumpen auf dem Boden.

„Hey, danke!", rufe ich dem Xantharianer zu, der mir geholfen hat. Er dreht sich zu mir um und nickt. Sein ungezähmtes Haar bildet einen Heiligenschein um sein Gesicht.

Eine Sekunde später bricht in der gesamten Bar das Chaos aus. Die anderen Zyloiden sind nicht allzu erfreut darüber, dass ihr Kumpel herumgeschleudert wird, und lautes Kreischen und Krächzen erfüllt die Bar, während sie in Aktion treten.

Die Xantharianer beschützen uns jedoch, ebenso wie einige der anderen außerirdischen Arten. Schon bald fliegen in der Bar außerirdische Körper in allen Farben umher. Die Zyloiden sind bösartig, aber die anderen haben auch keine Skrupel, heftig auszuteilen.

Piper stürzt sich von der Theke, um einem Zyloiden im Flug einen gedrehten Tritt ins Gesicht zu verpassen. Ich habe aber nicht viel mehr Zeit, ihren Kampfstil zu bewundern, denn der andere Zyloide – der hinter der Bar – erholt sich gerade und seine langen Tentakel beginnen zu zucken.

Ich schleudere meine Wurfmesser in seine Richtung, erst das eine, dann das andere, um zwei seiner Tentakel an die Wand zu pinnen. Der grüne Alien heult auf und windet sich vor Schmerz. Er ist offensichtlich verärgert darüber, dass ich seine Körperteile aufgespießt habe. Ein dritter Tentakel beginnt sich in meine Richtung zu winden.

Verdammt!

Ich brauche mehr Messer.

Ich ziehe einen meiner Schuhe aus und werfe ihn in seine Richtung. Ein sauberer Wurf mit dem spitzen Stilettoabsatz nagelt auch diesen Tentakel fest und der Außerirdische heult wieder auf. Grünes Blut rinnt an seinem schleimigen Körper herunter.

Ich halte meinen anderen Schuh bereit, aber der Zyloide hat genug. Er zittert in seiner Not und sackt gegen die Wand.

Er ist fertig.

Ich schaue mich in der Bar um und stelle fest, dass auch die anderen Zyloiden genug haben. Einige liegen bewusstlos auf einem Haufen auf dem Boden. Ein paar kriechen davon, zweifellos, um ihre Wunden zu versorgen.

Keiner von ihnen scheint tödlich verletzt zu sein und darüber bin ich froh. Hoffentlich haben sie ihre Lektion gelernt. Es ist eine gute Sache, nett zu anderen zu sein.

Die Xantharianer kehren zu ihren Getränken zurück, einige von ihnen schnappen sich ihr Lieblings-Roboterweibchen – wieder verfügbar, da die Zyloiden außer Gefecht gesetzt sind – und die Dinge scheinen wieder ihren normalen Lauf zu nehmen.

Ich hole mir meine Messer und meinen Schuh, die noch in dem schleimigen Mistkerl stecken, und schnappe mir ein Geschirrtuch von der Bar, um mir den Schleim abzuwischen. Der Alien starrt mich mit schweren Augen an, wackelt verhalten mit seinen Tentakeln, macht aber keine Anstalten, sich noch einmal mit mir anzulegen.

„Ich würde die heute Abend mit ein wenig Heilsalbe einschmieren", betone ich. „Oder noch besser, zu einem Arzt gehen."

Schnell bezahle ich bei der Barkeeperin, schnappe mir Piper und schon sind wir wieder draußen im tiefen, üppigen Wald. Die frische Luft fühlt sich so gut an nach all der Zeit in der stickigen Bar.

Ich atme tief ein. Meine Schuhe sinken wieder in den weichen Boden ein. Alles, woran ich denken kann, ist, in mein Zimmer zurückzugehen und mich umzuziehen.

„Ich rufe uns ein Taxi", sagt Piper.

„Gute Idee. Übrigens, du hast dich da drin wacker geschlagen."

„Oh! Danke! Du dich auch, vor allem bei der Sache mit den fliegenden Messern."

Wir tauschen ein Grinsen aus. Es ist schön, jemanden hinter sich zu haben.

Ich schaue mich nach einem Platz zum Sitzen und Warten um, während Piper ihr Armband aktiviert. Wir befinden uns in einem üppigen Hain tropischer Pflanzen, von denen die meisten mir fremd sind.

Neben mir öffnet sich langsam eine große rote Blüte. Ihre

Blütenblätter entfalten sich und ein unsagbar köstlicher Duft breitet sich aus. Sie ist wunderschön, aber in meinem Gehirn ertönt ein Warnsignal.

Die hübschesten Dinge in der Natur sind oft die gefährlichsten.

Weg von der Blume!

Ich bemühe mich, ein paar Schritte von ihr wegzumachen. Aber meine Stilettos geben den Geist auf – in einen schleimigen Alien geschleudert zu werden und dann auch noch im Dreck steckenzubleiben, war nicht gut für sie. Ich höre, wie ein Absatz abbricht, und beginne zu taumeln. Meine Arme flattern durch die Luft und ich gerate völlig aus dem Gleichgewicht.

Oh nein. Nein, nein, nein ...

Eines der Blütenblätter rollt sich auf wie eine lange Zunge und hebt mich hoch. Ich trete dagegen und versuche, mich am Rand festzuhalten, um mich herauszuziehen, aber es ist schmal, feucht und rutschig. Ich schlage noch wilder um mich.

Ein Sprühregen aus duftendem Nebel legt sich auf mich. Alle meine Muskeln entspannen sich und dann spüre ich sie gar nicht mehr.

„Kat!" Ich höre Piper entfernt rufen. Ihre Hand greift wild nach meiner, aber die Blume schnappt zu.

Ein verschwommenes Gefühl überkommt mich. Die Blütenblätter schließen sich um mich herum und das ist das Letzte, was ich sehe, bevor alles dunkel wird.

ACHTES KAPITEL

KAT

armes Wasser fließt über meine Haut. Sanfte Berührungen streichen an meinem Bein entlang.

Die Bewegung ist langsam, aber kraftvoll, und sie sendet ein köstliches Kribbeln zwischen meine Oberschenkel.

Wo bin ich?

Meine Augenlider fühlen sich schwer an und der Versuch, sie zu öffnen, erscheint mir zu anstrengend. Mein Kopf wiegt gefühlte Tonnen. Ich stelle all meine Bemühungen ein und lehne mich stattdessen gegen das weiche und himmlische Ding, das meinen Kopf wiegt.

Vielleicht ein Kissen. Oder ein flauschiges Kätzchen.

„Miau", murmle ich. Es klingt überhaupt nicht nach meiner Stimme. Ich versuche es noch einmal. „Miau?"

Ein Gefühl der Entspannung umgibt mich und der Duft von Lavendel erfüllt die Luft. Es ist, als würde ich sorglos durch den Ozean getrieben werden.

Das muss ein Traum sein.

Ein wirklich verdammt guter Traum, in dem ich gebadet werde und auf einem Kätzchenkissen ruhe.

Mehr sanfte Berührungen, diesmal entlang der Innenseite meines anderen Beins. Sie beginnen an meiner Wade und wandern bis zu meinem Oberschenkel hinauf.

Ein Stöhnen erfüllt den Raum und es dauert eine Sekunde, bis mir klar wird, dass es von mir kommt.

Ich stöhne.

Nun, warum zum Teufel nicht? In meinen eigenen Träumen darf ich so viel stöhnen, wie ich will.

Ich versuche, meine Augen zu öffnen, aber dabei beginnt sich die Welt um mich herum plötzlich zu drehen. Mir wird schwindlig und ich spüre es in meinem ganzen Körper. Schnell schließe ich sie wieder.

Ich döse ein wenig weg.

Die Berührungen wandern zum Nacken, streichen über mein Schlüsselbein und an meiner linken Schulter hinunter, nähern sich meiner Brust.

Oh, fuck!

Meine Brustwarzen stellen sich sofort auf. Ich greife nach oben, umfasse meine Brüste und kreise mit den Fingerspitzen über die harten Spitzen.

Ein weiterer Hitzeschub fährt mir zwischen die Schenkel. Ich spreize meine Beine weiter. Meine Finger wandern tiefer, über meinen Bauch, bis ich sie in meine pinke Hitze tauche.

Ich reibe meine Klitoris und umkreise sie in langsamen, gemächlichen Bewegungen.

Wer auch immer mich gerade badet, hält plötzlich inne.

Uff. Nein!

Ich äußere meinen Protest mit unzusammenhängendem Gemurmel.

Dann reibe ich meine geschwollene Knospe noch ein wenig mehr. Ein weiteres Stöhnen kommt mir über die Lippen.

Das Verlangen rauscht durch meine Adern. Ich bin so

verdammt erregt. Mein Hirn ist völlig vernebelt und ich kann keinen klaren Gedanken fassen, aber …

Ich will nicht, dass dieser Traum, und mit ihm diese Liebkosungen, endet.

Diesmal gelingt es mir, meine Augen ganz zu öffnen. Der Raum um mich herum dreht sich wie verrückt. Ein verschwommener Xantharianer kniet vor der Badewanne und plötzlich sehe ich alles doppelt.

Ich blinzle ein paar Mal. Langsam sehe ich die Dinge klarer, deutlicher, und schon bald ist er wieder nur ein einzelner Außerirdischer. Er wirkt grimmig und sieht mich mit einem stählernen Blick an. Seine Kleidung ist völlig durchnässt und klebt an all seinen prallen Muskeln.

Und er hält einen Luffa in der Hand.

Sein sexy männlicher Duft weht zu mir herüber.

„Hallooooo", lalle ich.

Ich reibe mir immer noch meine empfindliche Stelle, aber es fühlt sich so gut an. Ich will nicht aufhören, zumal er überhaupt nicht mithilft.

Er sieht zu, wie ich mich selbst berühre. Ich habe keine Skrupel, ihm zu zeigen, was mir gefällt – die Geschwindigkeit, den Rhythmus. Die Art, wie ich meine Hüften bewege, während ich mich meinem Höhepunkt nähere.

Auf seinem starken, stoischen Gesicht sind keinerlei Anzeichen von Emotionen zu erkennen, aber dann sehe ich es – ein Muskel in seinem Nacken zuckt. Ein leidenschaftliches Feuer beginnt in seinen Augen zu lodern.

Ich komme unter meinen eigenen Fingern. Ich werfe den Kopf zurück, schreie etwas, laut und unverständlich, und lasse mich dann auf das Kissen fallen. Oder das Kätzchen. Oder was auch immer es ist.

Er murmelt etwas davon, dass ich Wasser trinken müsse.

Zur Hölle. Ich *bin* irgendwie durstig. Kurz sehe ich ihn

wieder doppelt, während ich ihm beim Aufstehen zusehe. Zwei große Außerirdische bedeutet zwei große Beulen in der Hose.

Als er zurückkommt, hat er immer noch einen beeindruckenden Ständer.

Warum kommt er mir so bekannt vor?

Und da fällt es mir wie Schuppen von den Augen.

Das ist Cocktailtyp – von der Krönung. Cocktailtyp verpasst mir ein traumhaftes Bad und hat einen traumhaften Ständer. Einen großen.

Okay, Unterbewusstsein. Ich habs kapiert. Ich habe ihn sexy gefunden, als ich ihn das erste Mal gesehen habe, und ich finde ihn immer noch sexy. Toll, danke!

Er beugt sich über mich und greift nach mir, um mich mit Leichtigkeit anzuheben, sodass ich sitze, anstatt mich zurückzulehnen.

Ich kann nicht umhin zu bemerken, wie stark er ist. Das Gefühl seiner Hände auf meiner Taille. Wie hart meine Brustwarzen sind.

Ich trinke das Wasser in einem langen Zug aus und gebe ihm das Glas zurück. Er geht, um mir mehr zu holen. Als er zurückkommt, leere ich auch das zweite Glas.

Jetzt spricht er wieder und seine tiefe Stimme bringt mein Blut zum Vibrieren. Seine Worte verschmelzen miteinander.

Etwas über eine giftige Blume. Ein Nervengift. Das er von meiner Haut wäscht.

„Schhhhhh", murmle ich und lege meine Finger auf seine Lippen.

Kein Reden mehr. Ich will nur noch diesen Mund küssen. Ihn überall auf mir spüren, bevor ich aufwache.

Er wirft mir einen strengen Blick zu und nimmt meine Hand. Hält sie fest. Kraft strahlt von ihm ab und schickt mir einen Schauer über den Rücken.

Seine Stimme ist wieder mürrisch und erklärt mir etwas darüber, dass das Gift meine Hemmungen beeinträchtigt.

Ich schüttle den Kopf.

Nein.

Meinen Hemmungen geht es gut, danke.

Er ist mir so nah, … so nah, dass ich nach ihm greifen kann, … die Erhebungen seiner Wangenknochen nachzeichnen kann. Und dann küsst er mich. Verfängt seine Hände in meinem Haar. Und er duelliert sich mit meiner Zunge um die Kontrolle.

Alles an ihm ist besitzergreifend und fordernd.

Er zieht mich an seine Brust und noch mehr Wasser rinnt über seinen Körper. Es scheint ihm nichts auszumachen. Seine Männlichkeit drückt sich an meinen Bauch.

Ich greife durch seine Hose nach seinem Schwanz. Er stöhnt und bei seiner Größe schnappe ich nach Luft. Es ist das größte Ding aller Zeiten.

Wirklich. *Aller* Zeiten.

Lust vernebelt mir den Geist. Ich küsse ihn noch intensiver. Alles dreht sich um mich herum – und plötzlich ist mir wieder schwindelig.

Vielleicht ist es der leidenschaftliche Kuss. Oder das Gift.

Oder vielleicht, weil ich in einem wunderschönen Traumland bin …

Die Welt rückt in den Hintergrund.

KAPITEL NEUN

DANAX

*D*ie Augen meines Menschenweibchens verdrehen sich. Ihr starker, straffer Körper wird in meinen Armen schlaff.

„Kat?", sage ich. „Kat, geht es dir gut?" Meine Stimme ist heiser, so sehr begehre ich sie, aber ich bin auch besorgt.

Ihre Augen flattern auf und Erleichterung breitet sich in mir aus. „Hmm?", murmelt sie, lehnt sich an mich und schlingt ihre Arme enger um meinen Hals. Ihre vollen Brüste drücken gegen meine Brust, während die Rundung ihres herrlichen Hinterns perfekt in meine Hände passt.

Gott, mein Schwanz ist so hart.

Er tobt wie eine wütende Bestie in meiner Hose.

Ich möchte fühlen, wie sie ihn in beide Hände nimmt und Küsse entlang der prallen Venen verteilt, die sich dort abzeichnen. Sie soll sich meine Lusttropfen auf ihre rosa Lippen schmieren. Ich will ihr meinen Schwanz in den Mund schieben und zusehen, wie sie meinen Geschmack genießt.

Aber nicht jetzt.

Ich muss warten.

Sie reibt sich an mir und ihre Muschi ist klatschnass. Ich

kann spüren, wie ihre Nässe durch den Stoff meiner Kleidung sickert. Der berauschende Duft ihrer Erregung betört mich.

Ich schließe meine Augen. Luft dringt in meine Lungen ein, als ich einen tiefen, zittrigen Atemzug nehme. Es kostet mich all meine Willenskraft, ihr zu widerstehen, meinen Urtrieben nicht nachzugeben.

Es gibt nichts, was ich lieber täte, als sie umzudrehen und für mich zu beanspruchen, aber im Moment darf ich das nicht.

Ich kann es einfach nicht.

Sie ist erschöpft und steht immer noch unter dem Einfluss des Neurotoxins – im Moment hat sie so gut wie keine Hemmungen.

Kat macht kleine Geräusche wie ein Kätzchen und küsst meinen Nacken. Sie murmelt etwas darüber, dass ich es ihr *mache*. Ich weiß nicht, was das bedeuten könnte, aber vielleicht ist es irgendein menschlicher Ausdruck, der mit Sex zu tun hat?

So, wie sie ihre Hüften kreist, ist das wohl ein Ja.

Kat ist eine Frau, die weiß, was sie will, aber sie ist derzeit nicht ganz bei Sinnen. Jetzt damit weiterzumachen, hieße, sie auszunutzen.

Sie braucht Ruhe. Mehr mit Elektrolyten angereichertes Wasser, um ihr System zu reinigen.

Sie selbst zu baden war vermutlich eine schlechte Idee. Aber ich weiß, wie schnell das Gift wirkt, und alles, woran ich in diesem Moment denken konnte, war, es von ihrer Haut zu waschen, da ich ihm keine Zeit geben wollte, in ihren Blutkreislauf zu gelangen und ihre Organe zu befallen.

Ich dachte, ich könnte meine Gelüste kontrollieren, dass meine Selbstdisziplin unerschütterlich sei. Aber ihr Anblick in der Badewanne – mit ihren zartrosa Brustwarzen, ihrer straffen, weichen Haut und den vielen verblassten, aber sehr verführerischen Narben – hat meine Urinstinkte zum Leben erweckt.

Mein Drachenherz entzündet.

Ich hatte nicht erwartet, dass sie sich selbst berühren würde, ihre empfindlichste Stelle streicheln würde, wo sie doch genau wusste, dass ich sie beobachte. Und doch hat sie es getan und sichtlich genossen.

Dann ist sie vor meinen Augen in tausend Stücke zerbrochen und fast wäre ich bei ihrem Anblick selbst gekommen.

Sie knabbert an meiner Unterlippe und mein Schwanz schwillt noch weiter an. Ich halte mich zurück, obwohl sie jetzt sogar versucht, mir ihre Zunge in den Mund zu stecken. „Ich muss dich ins Bett bringen." Meine Stimme ist schroffer als beabsichtigt, aber ich kann nicht anders.

Ich will sie so sehr, dass ich wohl gleich explodiere.

„Aber –"

„Du musst dich ausruhen."

Sie schnaubt und verzieht ihre Lippen zu einem Schmollmund. „Willst du nicht –?"

„Es geht dir nicht gut." Sie so zu unterbrechen ändert nichts an der Situation, aber meine Selbstbeherrschung wird nicht mehr ewig halten. Ich halte sie mit einem Arm, während ich nach einem weichen Handtuch greife, um sie darin einzuwickeln. Sie windet sich in meinen Armen und ich packe sie beherzt, um sie ins Schlafzimmer zu tragen.

„Ich kann gehen …", lallt sie und wackelt mit Armen und Beinen. Sie ist stark, aber ich bin stärker und ich ignoriere ihre Proteste. Ich lege sie auf Bett und decke sie mit der Bettdecke zu.

„Steh nicht auf", befehle ich ihr. Sie funkelt mich an, als ich mich umdrehe, um ihr noch mehr Wasser zu holen.

Als ich wenige Augenblicke später zurückkehre, sind ihre Augen bereits geschlossen und sie atmet tief – sie schläft.

Ich stelle das Wasserglas auf den Tisch und setze mich auf die Bettkante. Ihre Brust hebt und senkt sich sanft und ihr wunderschönes Gesicht ist friedlich. Schließlich erlaube ich mir, mich zu entspannen, und schicke ein Dankeschön ins Universum hinaus.

Was hätte ich getan, wenn sie heute Abend in der Bar verletzt worden wäre?

Ich wäre am Boden zerstört und ich würde mir nie verzeihen.

Irgendetwas an dieser kleinen Kriegerin zieht mich in ihren Bann, wie ich es noch nie erlebt habe. Die Chemie zwischen uns ist surreal.

Der Drache in mir hat sie bereits für sich beansprucht und es fühlt sich anders an als alles, was ich erwartet hätte. Er summt in mir, sein Feuer lodert hell. Die Lust brennt immer noch wild in meinem Inneren, aber sie vermischt sich mit einem Gefühl der Zufriedenheit. Sie ist bei mir und sie ist sicher.

Sie ist dazu bestimmt, mir zu gehören. Mein Drachen-Ich hat sie auserwählt und es zu leugnen, wäre sinnlos.

Ich warte noch ein paar Minuten, bevor ich von dem Bett aufstehe und mich auf einen Stuhl setze. Ich hebe die fuchs-rote Perücke auf, die darauf liegt, und lege sie auf einen Beistelltisch, bevor ich mich setze.

Zumindest war ich heute Abend da, um sie zu retten, um sie aus der fleischfressenden Pflanze zu befreien. Wäre sie verärgert, wenn sie wüsste, dass ich ihr und Piper in die Bar gefolgt bin? Dass ich eine Verkleidung getragen habe?

Aber so sehr ich es mir auch wünschen würde, ein könig-licher Prinz kann nicht einfach durch die Stadt schlendern, vor allem nicht in eine Spelunke. Aber ich konnte sie nicht einfach alleine losziehen lassen.

Obwohl sie eine geschickte Kämpferin ist. Es ist viel zu

gefährlich. Sie ist jetzt meine auserwählte Gefährtin und ich werde alles in meiner Macht Stehende tun, um sie zu beschützen.

Meine Gefährtin.

Die Worte fühlen sich gut an, als sie mir lautlos über die Lippen gleiten.

KAPITEL ZEHN

KAT

„Willkommen", murmelt die rothaarige Varghalierin. Sie steht auf einem kleinen erhöhten Podest in der Mitte des Raumes. „Danke, dass ihr alle an der heutigen Lektion teilnehmt. "

Ich trapple auf Zehenspitzen hinter den Rücken der Anwesenden herein und setze mich auf ein burgunderfarbenes Kissen zwischen Piper und Mira. Der Raum ist voller Menschenfrauen und trotz meiner Bemühungen, mich unauffällig zu verhalten, sehen mich alle an.

Okay, dann bin ich eben etwas spät dran. Zu meiner Verteidigung sei gesagt, dass ich erst vor etwa fünfzehn Minuten aufgewacht bin – allein und desorientiert – und mich von einem verrückten Sextraum erholen musste. Von einem, bei dem ich zwischen den Schenkeln ganz feucht gewesen bin, als hätte ich eine Art Sexfest gefeiert. Wenn ich ein Höschen getragen hätte, wäre es klatschnass gewesen.

Mein Kopf und mein Körper schmerzen, als wäre ich von einem Monstertruck überfahren worden. Ein unsichtbarer, heißer Schmerz brennt mir zwischen den Augen.

Aber Mira hat mich gebeten zu kommen und jetzt bin ich hier.

Verzeihung, forme ich kleinlaut eine Entschuldigung in Richtung der rothaarigen Frau. Ich bin mir nicht wirklich sicher, wer sie ist. Ich dachte, die Königin sei die einzige Varghalierin auf dem Planeten.

„Geht es dir gut?", flüstert Mira besorgt. „Piper hat mir erzählt, was gestern Abend passiert ist!"

Ich nicke und reibe mir die Augen. „Ja, mir gehts gut." Meine Erinnerungen sind immer noch verschwommen. Die Kneipenschlägerei. Die fleischfressende Pflanze. Das Nervengift, das diesen höllischen Kater ausgelöst hat.

Und diese sexy Fantasie mit dem außerirdischen Hengst, auch wenn sie rein auf meinen halluzinogenen Zustand zurückzuführen ist. Ich erinnere mich an nichts von dem, was passiert ist, nachdem die Pflanze mich verschlungen hatte, aber ich weiß, dass Piper diejenige war, die mich aus der Blüte gezogen hat.

Ich wende mich an Piper. „Hey, … danke. Dafür, dass du mich gestern Abend gerettet hast."

Sie wirft mir einen seltsamen Blick zu und öffnet den Mund, um etwas zu sagen. Aber sie überlegt es sich anders, als ihr die Mädchen um uns herum böse Blicke zuwerfen.

Auch wenn sich die anderen über unser Geschwätz ärgern, scheint es die Varghalierin nicht zu stören. Stattdessen strahlt sie auf uns herab. Sie trägt ein durchsichtiges Gewand – mit vier fließenden Ärmeln für alle ihre Arme – und sie ist hübsch, fast so hübsch wie die Königin.

Hinter ihr befindet sich eine Chaiselongue umgeben von Schleiern aus hauchdünnem weißen Stoff und wilden, verwebten Ranken. Darüber lässt ein Oberlicht sanftes Licht herein und natürlich sind die Wände mit einer Schicht lebender, atmender und üppiger Pflanzen bedeckt.

Dieser Raum ist definitiv für sexuelles Vergnügen eingerichtet.

„Ich bin T'Pring", sagt die Varghalierin, „die Schwester der Königin. Ich werde eure Mentorin sein, um euch die Kunst beizubringen, eure neue Gefährtin zu verwöhnen. Während der heutigen *Amoravida* werden wir die Kunst des Gebens und Empfangens demonstrieren."

„Was ist eine *Amoravida*?", flüstere ich Piper und Mira zu. Ich kenne dieses Wort nicht – es ist nicht intergalaktischer Standard.

Piper zuckt nur mit den Achseln. Sie kennt das Wort auch nicht.

„Wir werden zusehen", sagt Mira leise. „Weil es unser erster Trainingstag ist." Sie sieht besorgt aus und ich tätschle ihr Knie. Diese ganze Sich-mit-einem-Außerirdischen-paaren-Sache ist hart für sie und zum millionsten Mal bin ich froh, dass ich nicht daran teilnehme.

Keinen Xantharianer-Schwanz für mich, danke. Obwohl mein Traum *ziemlich* heiß war. Perfekte blaue Muskeln soweit das Auge reicht und ein riesiges Gehänge. Mann, dieser Außerirdische wusste, wie man küsst.

„Das wird großartig", sage ich zu Mira und bemühe mich, ermutigend zu klingen. „Vielleicht können wir alle etwas lernen. Zum Beispiel eine neue Blowjob-Technik?"

Mira wird sogar noch bleicher. Ein Mädchen vor mir dreht sich um und flüstert wütend „Schhhhh!"

Ich seufze laut auf – vielleicht sollte ich einfach den Mund halten. Ich gelobe, mich für den Rest des Unterrichts von meiner besten Seite zu zeigen, und setze mein unschuldigstes Gesicht auf.

T'Pring zieht ihr Gewand aus und lässt es auf den Boden fallen. Sie ist wirklich wunderschön – sie hat große Brüste mit hellrosa Brustwarzen und blasse cremefarbene Haut.

Über dem V ihrer Oberschenkel erkennt man einen kleinen Streifen mit roten Locken.

Sie umkreist leicht ihre Nippel und anscheinend ist das das Signal für zwei große Xantharianer, die im hinteren Teil des Raumes gestanden haben. Sie schreiten nach vorne, wobei einer von ihnen am Bühnenrand stehen bleibt und wie eine Art Wache Stellung bezieht, während der andere zu ihr hinaufgeht. Beide tragen nur Lendenschurze und überall an ihrem Körper wölben sich ihre Muskeln.

Verdammt, sie sind wirklich sexy.

Eine weitere verschwommene Erinnerung an meinen erotischen Traum taucht vor meinem geistigen Auge auf, aber ich verdränge sie. Nein! Kein Schäferstündchen mit einem blauen Alien für mich. In ein paar Tagen verlasse ich diesen Planeten wieder – ich muss mich darauf konzentrieren, zur Neuen Erde zurückzukehren und meine Arbeit zu beenden.

Ich kann mir nicht vorstellen, dass der General glücklich darüber ist, dass ich so lange weg war. An diesem Punkt muss ich vielleicht sogar auf den Rest meines Vertrages verzichten.

Nicht gut für meinen Lebenslauf als Söldnerin.

T'Pring schlingt zwei ihrer Arme um den Hals des blauen Kerls, und die beiden anderen öffnen seinen Lendenschurz. Er küsst sie, während ich voller Ehrfurcht auf den zweit-größten Schwanz starre, den ich je gesehen habe.

Der größte war der in meinem Traum letzte Nacht.

Er springt heraus und drückt sich gegen ihren Bauch und ich sitze so nahe vor ihm, dass ich sehen kann, wie kleine Rillen sich über seine gesamte Länge ziehen – sein Schwanz ist geriffelt. Seine Adern sehnen sich nach ihr. Heilige Scheiße. Sofort sammelt sich Nässe zwischen meinen Schenkeln und ich züchtige meine Weiblichkeit dafür, dass sie so eine bedürftige kleine Göre ist.

Zweifellos ist T'Pring genauso aufgeregt – zumal sie

diejenige ist, an der sich sein Schwanz reibt. Sie sinkt auf ihre Knie und nimmt seinen riesigen Schaft in ihre winzigen Hände. Sie kann ihren kleinen Mund unmöglich um ihn legen, aber sie tut, was sie kann, und schon bald küsst sie sich an seiner enormen Länge hinunter.

„Das *Fellagement*", sagt der Wächter und verkündet zweifellos einen Blowjob.

Der andere Außerirdische knurrt und verwebt seine Hände in T'Prings Haar. Sie leckt ihn noch ein wenig mehr, schmatzt und stöhnt, während sie den ganzen Vorgang immer noch wie ein anmutiges und feminines Unterfangen aussehen lässt. Er lässt sie ihre Arbeit allerdings nicht beenden, sondern schnappt sie sich bald darauf und wirft sie auf ihrem Rücken auf die Liege.

Er spreizt ihre Beine mit den Händen und kniet sich vor sie, um sie zu lecken. Bald schon befriedigt er sie wie ein Champion. Seine Zunge bewegt sich so schnell, dass ich sie nur noch verschwommen erkennen kann, und dann saugt er an ihrer Klitoris, um sie in den Wahnsinn zu treiben. Der Wächter verkündet noch etwas anderes, aber ich glaube, es interessiert niemanden hier wirklich, wie sie es nennen.

Es ist heiß und es macht mich unsagbar an.

Sie stöhnt und windet sich unter ihm und schreit ihren ersten Orgasmus heraus. Dieser Kerl hat echt was drauf. Als er schließlich in sie eintaucht und sie ihm mit ihren Nägeln über den Rücken kratzt und auf Varghalianisch irgendetwas zu schreien beginnt, sitzen wir alle wie gebannt am Rande unserer Kissen.

Ich merke kaum, wie der Orang-Utan-Bot hereinrollt und der Wache etwas zupiept. Der Wächter sucht den Raum ab und sein Blick landet auf mir.

Er deutet in meine Richtung.

Ach du Scheiße. Das ist nicht gut.

Er schreitet auf mich zu und beugt sich dann über mich. „Komm." Er macht sich nicht die Mühe zu flüstern und das braucht er auch nicht, denn der Klang von T'Prings Wimmern übertönt jedes Geräusch im ganzen Raum.

„Danke, aber ich werde bleiben." Ich lächle ihn freundlich an und richte meinen Blick wieder auf die Bühne. Dort wird es immer besser und ich möchte das Ende keinesfalls verpassen.

Aber der Xantharianer will davon nichts wissen. „Du musst jetzt mitkommen. Du wurdest zur Zucht ausgewählt. Du beginnst jetzt offiziell dein Freudentraining mit deinem Gefährten."

Wirklich. „Und wer soll das sein?"

„Prinz Danax."

KAPITEL ELF

DANAX

*W*o ist Kat? Hat sie meine Einladung nicht erhalten?

Mein Blick wandert zum gefühlt millionsten Mal zum Eingang meines Privatgartens. Die Bestie in mir tobt vor Ungeduld. Ich kann es kaum erwarten, sie zu sehen, ihr Gesicht zu berühren.

Sie für mich zu beanspruchen.

Das Letzte, was ich wollte, war, sie heute Morgen zu verlassen. Aber sie schlief tief – sogar während des gesamten Besuchs des Arztes – und ich hatte schon früh eine Reihe von Treffen mit den königlichen Beratern. Also tat ich, was ich konnte, und ließ sie dann in Rorvars kompetenter Obhut.

Mein Tele-Armband piept und das Hologramm von Shallor erscheint. „Hast du sie gefunden?", frage ich meinen Berater sofort, ohne mich um eine Begrüßung zu bemühen.

„Ja, mein Herr", sagt Shallor. „Sie ist auf dem Weg."

„Danke. Wo war sie?"

„Äh ... bei der *Amoravida*."

„Der was?"

„Der … ähhhm … Veranstaltung mit den Männern, die nur einen Lendenschurz tragen."

Ich starre ihn an. Was macht Kat mit Männern im Lendenschurz?

Das Gesicht von Shallor ist jetzt knallrot. „Das … äh … Freudentraining."

Ach so. Nun, meine Gefährtin muss nicht länger am Freudentraining teilnehmen.

Sie bereitet mir schon genug Freude.

Ich möchte derjenige sein, der ihr Dinge zeigt, die sie noch nie zuvor erlebt hat. Ihren starken, geschmeidigen Körper mit meinen Händen streicheln, … ihr Schlüsselbein küssen, … mir meinen Weg durch das Tal ihrer Brüste und über ihren Bauch hinunterbahnen …

Ich kann es kaum erwarten, meine Zunge zwischen ihre heißen, feuchten Falten zu stecken, bis ich ihr einen Orgasmus entreiße und sie meinen Namen schreit.

Mein Schwanz wird hart bei dem Gedanken. Ich verabschiede mich schnell von Shallor.

In meiner Brust breitet sich ein seltsames Trommeln aus – es ist nicht nur Lust, sondern auch noch etwas anderes. Etwas Starkes. Kraftvolles. Eine Emotion, die ich noch nie zuvor empfunden habe.

Als Prinz von Xanthara wusste ich immer, dass ich mir irgendwann eine Gefährtin nehmen müsste. Mein Vater hatte mir ein Weibchen nach dem anderen vorgestellt. Alle waren schön, klug und gebildet.

Aber keine von ihnen hatte mich je fasziniert. Hat in mir mehr geweckt als den Wunsch nach Spaß für eine Nacht. Mein Drache hatte sich zu keiner von ihnen hingezogen gefühlt.

Aber jetzt, mit Kat …

Kat ist anders.

Mein Drache will sie. Er braucht sie. Er ist unruhig unter meiner Haut, begierig darauf, sie zur Gefährtin zu nehmen.

Ich werde noch steifer und ein Knurren löst sich aus meiner Kehle. Ich will keine ausgewachsene Erektion haben, bevor sie überhaupt hier ankommt.

Wird sie die Paarungszeremonie sofort besprechen wollen? Vorfreude schießt durch mich hindurch.

Ich kann es kaum erwarten, ihr wunderschönes Lächeln zu sehen und diese köstlichen Lippen zu küssen.

Ich gehe hinaus auf den Balkon und lasse meinen Blick über die Gebäude von Na'Ru schweifen. Ich werde ihr jeden Zentimeter meiner schönen Stadt zeigen und alles, was dahinter liegt. Na'Ru ist jetzt auch ihr Zuhause. Ein Anflug eines Lächelns umspielt meine Lippen – ich hoffe, sie wird es genauso lieben wie ich.

Es ist jetzt meine Aufgabe, sie zu beschützen. Für sie zu sorgen. Ich werde dafür sorgen, dass ihr nie etwas zustößt.

„Hallo? Du hast mich rufen lassen?"

Es ist ihre Stimme. Sie ist kehlig und ihr Klang erinnert mich an Sex und Honig.

Ich drehe mich um, um sie zu begrüßen, aber das Lächeln, das ich auf dem Gesicht meiner Gefährtin erwarte, ist nicht da. Ihre Hände hat sie in ihre Hüften gestützt, und sie ...

Verzieht das Gesicht?

Sie sieht überhaupt nicht glücklich aus.

KAPITEL ZWÖLF

KAT

*M*oment mal.

Cocktailtyp – der zufällig auch der Typ aus meinem ungezogenen Traum ist – ist auch noch ein *Prinz*? Und er will sich mit mir paaren … im echten Leben?

Ich starre ihn an. Nein. Auf gar keinen Fall. Ich bin nicht hier, um Babys mit blauen Außerirdischen zu machen, auch nicht, wenn sie einer Königsfamilie angehören. Oder grandiose Schwänze haben, wenn sie mir im Traum erscheinen. Ich war diesbezüglich sehr höflich und habe mich absolut klar ausgedrückt. „Okay, Prinz Danax. Ich glaube, hier liegt ein kleines Missverständnis vor."

Er sagt nichts und kommt mit ernster Miene auf mich zu. Seine Muskeln spannen sich unter seiner Kleidung an.

Ich stehe meine Frau, bin die Ruhe selbst. Entspannt. Gefasst.

Er bleibt zwei Meter vor mir stehen.

„Kat." Seine tiefe Stimme dröhnt in seiner Brust und schickt mir einen Schauer über den Rücken. Er schaut mich mit seinen intensiven blauen Augen an und er ist so groß –

seine breiten Schultern und seine breite Brust stellen mich mit ihrer Masse geradezu in den Schatten.

Verdammt! Er ist unfassbar sexy.

„Ja?"

„Du bist jetzt meine Gefährtin. Mein Drache hat dich auserwählt."

Sein Drache hat mich *auserwählt*? Oookayy.

Wir verschwenden wohl keine Zeit und kommen direkt zum Punkt.

Ich halte eine Sekunde inne und denke über diese seltsame Aussage nach. „Hör zu. Das ist ein wirklich nettes Angebot von dir, da du ja ein Prinz bist, aber ich kann es nicht annehmen. Tut mir leid."

„Du kannst es nicht … annehmen?" Seine Kiefermuskeln verkrampfen sich.

„Ähm, nein."

Ein weiterer Muskel zuckt in seinem Nacken. Ich glaube nicht, dass dieser Typ sehr oft ein *Nein* von jemandem hört.

„Aber du bist wegen eines Zuchtvertrags hier. Das verstehe ich nicht."

„Eigentlich bin ich nicht hier, um mich zu paaren. Ich bin nur versehentlich in das Schiff gestiegen – nun, das ist eine lange Geschichte." Ich zucke mit den Achseln. „Aber ich kann nicht hierbleiben. Ich habe einen Job auf der Neuen Erde. Kapitän Kajmak hat versprochen, mich in den nächsten Tagen wieder dorthin mitzunehmen."

Diesmal sieht er aus, als hätte ich ihn geohrfeigt, und um ehrlich zu sein, gefällt mir das irgendwie. Er ist heiß, wenn er griesgrämig ist.

„Ach, wirklich. Das hat Kapitän Kajmak zu dir gesagt?"

„Ja."

„Ich verstehe."

Zu meiner Überraschung kommt er näher und reibt mir

mit seinem Daumen über die Wange. Er ist rau, aber gleichzeitig weich. Ich spüre ein heißes Kribbeln in meiner Mitte.

Ich mache meine Schultern breit und hebe mein Kinn an, um seinem Blick zu begegnen, trotz all der heißen außerirdischen Schwingungen, die um mich herum durch die Luft schwirren. Ich muss jetzt klar denken. Die Situation vernünftig besprechen. „Also … Ich habe letzte Nacht von dir geträumt."

Uff! Am liebsten würde ich mich selbst dafür ohrfeigen.

Habe ich mir von all den Dingen, die ich hätte sagen können, wirklich diesen Satz ausgesucht?

Toll gemacht, Kat.

Danax sieht mich neugierig an. „Geträumt?" Er zieht mich noch näher an sich, seine Hände liegen auf meinen Hüften. Sein Griff ist stark, besitzergreifend, und aus irgendeinem Grund lasse ich zu, dass er es tut. Ich starre seine Brust an und meine Hände hängen unbeholfen an meinen Seiten herunter, da ich nicht weiß, was ich mit ihnen tun soll.

Dieses Gefühl ist seltsam. Und faszinierend. Es ist fast so, als hätte mein Gehirn sich von meinem restlichen Körper dissoziiert.

„Ähm … ja. Du hast mich gebadet. Und ich habe –"

„Es genossen?"

Ich blinzle und schaue zu ihm auf. Sein Ausdruck ist ernst und die Erhebungen seiner Wangenknochen betonen seine harten Züge. Ein männlicher Duft umhüllt mich.

Ich habe diesen Duft schon einmal wahrgenommen.

Seinen Duft.

Und auch an seinem Körper ist etwas Vertrautes, als hätte ich mich schon an ihm gerieben.

Oh, Höschen, bitte. Trocken bleiben.

„Du warst über und über voll mit dem Neurotoxin einer fleischfressenden Pflanze", sagt Danax. „Ich bin zuerst mit dir unter die Dusche gegangen und habe dich gleich danach in die Badewanne gelegt, um alle Rückstände von deiner Haut zu waschen."

„Richtig. In meinem Traum."

„Nein, Kat." Er kippt mein Kinn hoch. „Mit mir. In deinem Zimmer. Im echten Leben."

„Aber Piper hat all das gemacht. Sie war da und –"

„Piper konnte dich nicht aus der Blume befreien. Ich bin derjenige gewesen, der sie in Stücke gehackt und dich rausgezogen hat."

Ich bin eine Sekunde lang still, während sich alles zu einem Bild zusammenfügt. Feuchte Hitze staut sich zwischen meinen Beinen. All die Liebkosungen, … die Küsse, … der Luffa …

Das Partypaket in seiner Hose.

Das alles war echt.

Ich beiße mir auf die Lippe und denke an das köstliche Gefühl seiner rauen Zunge. Ich frage mich, wie sie sich auf meinen Brustwarzen anfühlen würde. Und auf meiner Klitoris.

Danax erwidert meinen Blick und in seinen Augen tobt ein Lauffeuer. „Würdest du dir etwas Zeit nehmen, über meine Bitte nachzudenken?"

Nun, es war nicht wirklich eine Bitte, sondern eher eine Forderung.

„Einem Zuchtvertrag mit dir zuzustimmen?", frage ich.

„Meine Gefährtin zu sein."

Ich schüttle den Kopf. „Ich weiß nicht einmal, was das hier auf Xanthara bedeutet."

Danax sieht verwirrt aus. „Du wärst mein …" Er wird still, als würde er nach Worten suchen. „Du wärst mein Ein und Alles."

Sein Ein und Alles.

Nein. Das kriege ich nicht auf die Reihe. Danax zu bespringen klingt nach einer fabelhaften Idee, aber das ist alles, was jemals zwischen uns laufen kann.

Ich lege meine Hände auf seine Brust und drücke ihn weg – nicht energisch, aber doch bestimmt. „Ich kann nicht."

Wenn Prinz Danax Liebe und eine Familie sucht, jagt er dem falschen Mädchen hinterher.

KAPITEL DREIZEHN

DANAX

*K*at will nicht meine Gefährtin sein. Ich fasse es nicht – das einzige Mal in meinem Leben, dass mein Drache jemanden auserwählt hat, und …

Sie will es nicht? Sie will *mich nicht*?

Zwischen uns fliegen die Funken und unsere Chemie fühlt sich so richtig an. Kann sie nicht sehen, dass wir füreinander bestimmt sind?

Ich sollte sie mir einfach über die Schulter werfen und sie mit in meine Gemächer nehmen. Ihr einen Orgasmus nach dem anderen entlocken, bis sie meinen Namen schreit. Ihr klarmachen, was das hier ist.

Das einzig Wahre.

Aber jetzt schaut sie mich seltsam an, als hätte sie plötzlich eine Art Offenbarung gehabt.

„Danax … Du sagtest, du hättest die Blume in Stücke gehackt, um mich rauszuholen. Wie hast du uns überhaupt so schnell gefunden? Hat Piper dich um Hilfe angefunkt?"

„Nein. Ich war schon da, in der Bar."

Ihre Augen verengen sich. „Schon da? Ich habe dich nicht gesehen."

„Ähm …" Meine Verkleidung war scheinbar wirklich gut. „Erinnerst du dich an den Rotschopf?"

Verständnis dämmert auf ihrem Gesicht. In ihren Augen flackert Wut auf. „Du, … du bist mir *gefolgt*? Verkleidet?"

Mist! Sie ist noch schöner, wenn sie wütend ist.

„Ja." Natürlich bin ich das. Ich musste sie beschützen. Ich konnte es nicht für die Weibchen meiner Spezies tun, aber ich werde es für sie tun.

Auch wenn sie es in diesem Moment nicht erkennen kann, ist sie meine wahre Gefährtin.

„Ich habe beobachtet, wie du und Piper die Krönungsze-remonie verlassen habt. Ich hätte euch doch nicht einfach alleine losziehen lassen können!"

„Vielleicht kann ich auf mich selbst aufpassen? Das mache ich schon, seit ich ein Kind bin, und ich kriege es sicher auch jetzt hin."

Jetzt ist sie wütend und ihre Hände sind auf ihre Hüften gestützt. Sie funkelt mich an, als wolle sie mir die Eier abreißen.

Ich will sie nicht noch wütender machen, aber ich möchte, dass sie es versteht. „Kat." Ich versuche, sie an den Händen zu nehmen, aber sie windet sich aus meinem Griff. „Du hast in der Bar ganz schön ausgeteilt, aber dann bist du in eine fleischfressende Pflanze gestolpert. Piper hatte weder ein Schwert noch ein Messer oder irgendetwas anderes bei sich, um dich zu befreien. Wäre ich nicht da gewesen, wärst du in weniger als einer halben Stunde vollständig verdaut gewesen. Wärst du lieber das Abendessen einer Blume geworden, als zuzugeben, dass du es nicht alleine geschafft hättest?"

Sie schweigt für ein paar Sekunden. „Nein", schmollt sie. „Aber ich hätte mir etwas einfallen lassen."

Ich greife wieder nach ihr, aber sie weicht meiner Berührung aus. Obwohl es nicht meine Absicht war, ist ihr Stolz zweifellos ein wenig verletzt.

Vielleicht war ich zu direkt. Und jetzt will sie nicht nur nicht meine Gefährtin sein, sondern sie ist auch noch wütend auf mich.

Ich weiß nicht, wie ich mich entschuldigen soll.

Mein Tele-Armband piepst und ich knurre verärgert. Ich erwäge, es zu ignorieren – aber es ist Manu.

Er kann nur sehr selten dazu bewegt werden, mit jemandem zu kommunizieren oder zu antworten, wenn er angerufen wird. Es muss also etwas Ernstes sein und vielleicht sollte ich mit ihm sprechen. Ich schaue Kat an.

„Nur zu", sagt sie. „Geh ran. Es macht mir nichts aus."

Ich tippe auf den Bildschirm und Manus Hologramm erscheint vor mir. Anstelle seines normalen, unbekümmerten Gesichts erkenne ich angespannte Gesichtszüge. Er ist besorgt. Ich habe eine böse Vorahnung.

Das ist nicht gut.

„Was ist los?", frage ich.

Manu schaut hinter mich, wo Kat steht. Unsicher hält er inne.

„Schon gut. Sie kann hören, was immer du zu sagen hast."

Mein Bruder nickt. „Ich bin bei Vater und ... wir haben gerade eine Nachricht von den Varghaliern erhalten. Kriegskommandant Raark hat die Rückgabe von Königin Ariadne an ihn gefordert."

Eine Last von der Größe eines Ziegelsteins legt sich auf meine Schultern. Das ist schlimmer, als ich dachte. „Was war Vaters Antwort?"

Manu hält wieder inne und ich weiß, was er sagen wird. Königin Ariadne ist das Lebenslicht meines Vaters. Nachdem er meine Mutter verloren hatte – als sie mit mir in den Wehen lag –, verfiel er in eine tiefe, düstere Finsternis. Sie ist die Einzige, die ihn wieder aus diesen Untiefen seiner Seele herausholen konnte.

Er wird niemals zustimmen, sie gehen zu lassen.

„Vater hat natürlich abgelehnt", sagt mein Bruder. „Und Ariadne will auch nicht gehen."

„Und die Varghalier?"

Manu zuckt mit den Achseln. „Noch keine Antwort."

Ich merke, dass er versucht, die Sache gelassen zu sehen, aber ich durchschaue ihn. Wenn ihnen ihre kostbare Königin nicht zurückgegeben wird, werden die Varghalier zum Krieg aufrufen.

Aber dazu ist Xanthara noch nicht bereit. Wir haben gerade alle unsere Kriegerinnen verloren.

„Wir müssen den Deflektorschild hochziehen", sagt Manu. „Und wir brauchen mehr Kristallstaub, um ihn mit Energie zu versorgen – aber es ist fast nichts übrig. Ich plane, bald nach Shan'wala aufzubrechen."

Ich schüttle den Kopf. „Nein. Ich werde gehen." Der Ort, an dem der Kristallstaub geerntet wird, ist streng geheim und nur der königlichen Familie bekannt, aber dieses Mal würde ich Manu viel lieber die Aufgabe überlasen, sich um Vater zu kümmern. „Ich bin vor Anbruch der Dämmerung zurück."

Manus Hologramm verschwindet und ich drehe mich zu Kat. Sie starrt mich nicht mehr entsetzt an – stattdessen scheint sie fasziniert zu sein.

„Was ist das für ein Ort?", fragt sie langsam.

„Shan'wala. Das Tal der Wasserfälle."

„Wasserfälle, sagst du? Ich habe schon ewig keinen mehr aus der Nähe gesehen. Neue Erde ist staubtrocken."

Ich warte und suche in ihrem Gesicht nach einem Hinweis darauf, was ich sagen soll. Sie spitzt ihre schmollenden

Lippen. Was hat das zu bedeuten? Menschliche Gefühle sind mir ein Rätsel. „Willst du …"

„Fliegst du in deiner Drachengestalt dorthin?", unterbricht sie. Der Eifer in ihrer Stimme ist unverkennbar.

„Ja, natürlich. Hinzufliegen geht viel schneller."

„Und wenn jemand – ich, zum Beispiel – dich begleiten wollen würde, wie würde das ablaufen?"

Ihre Frage lässt mich kurz grübeln. Ich hatte noch nie einen Passagier, weder einen Menschen noch irgendeine andere Spezies. „Vielleicht … in meinen Klauen? Das wäre für dich eine sichere Art zu reisen."

Sie überlegt. „Wie wäre es mit deinem Rücken?"

Auf meinem Rücken? Nun, … das könnte funktionieren, solange sie nicht runterfällt.

Ein Grinsen breitet sich auf ihrem schönen Gesicht aus. „Okay. Warte kurz. Flieg nicht ohne mich!"

KAPITEL VIERZEHN

KAT

ünfzehn Minuten später – nach einem kurzen Ausflug in mein Zimmer – habe ich mir meine Schwerter auf den Rücken geschnallt und stehe im Palastgarten. Danax hockt vor mir, seine riesige Drachenform ragt vor mir empor.

Er ist unsagbar einschüchternd.

Aber er ist auch auf eine seltsame, furchterregende Weise wunderschön. Er neigt seinen riesigen gehörnten Kopf und seine schlitzförmigen Augen blicken auf mich herab. Seine blauen Schuppen schimmern im Sonnenlicht und er entfaltet langsam seine Flügel, deren riesige Länge einen Schatten über den gesamten Garten wirft.

Sein Gesicht ist nur Zentimeter von meinem entfernt. Er öffnet seine Kiefer und zeigt mir seine scharfen, spitzen Zähne.

Ja, er ist wirklich beeindruckend.

Ich bin immer noch verärgert, aber dass er als Drache so atemberaubend ist, lässt mich meinen Groll vergessen. Und außerdem bin ich noch nie auf einem Drachen geritten.

Ohne darüber nachzudenken, greife ich nach oben, um die

Erhebung seines riesigen Wangenknochens zu berühren – dieselbe Wölbung hat er in seiner menschlichen Gestalt auch. Auf seinem schuppigen Gesicht ist sie aber viel ausgeprägter erkennbar und ich zeichne ihre rauen Kanten nach, während er mich anblinzelt. Ein leises Knurren ertönt tief aus seiner Brust, aber ich glaube, er versucht eher, gesprächig zu sein als furchterregend.

Zu meiner Überraschung streckt er seine Zunge heraus. Aber dann sehe ich den Grund dafür – ein kleines, leeres Fläschchen, das ganz oben auf seiner Zungenspitze liegt. Die Bitte ist eindeutig. Natürlich kann ich es halten, damit er es nicht im Mund tragen muss. Ich stecke das Fläschchen in meinen BH.

Er kniet sich in den Dreck und das muss mein Stichwort sein, auf seinen Rücken zu klettern.

Wie zum Teufel erklimmt man einen Drachen?

Jeder Weg führt ans Ziel. Ich klettere an seinem Vorderbein hoch und zieh mich dann an seiner Schulter nach oben. Von hier aus rutsche ich zur Mitte seines Nackens und zwänge mich zwischen eine Reihe von Stacheln. Das ist ziemlich gemütlich und mir gefällt die Tatsache, dass ich mich an einem langen, spitzen Gegenstand festhalten kann.

Puh! Ich bin bereit. Zumindest glaube ich das. Eine Mischung aus Aufregung und Nervosität erfüllt mich – oh Gott, ich mache das tatsächlich.

Ich bin tatsächlich im Begriff, einen Drachen zu reiten!

Danax erhebt sich und seine kräftigen Schultern und Rückenmuskeln spannen sich unter mir an. Er schlägt mit den Flügeln – erst einmal, dann ein zweites Mal – und bevor ich mir Sorgen darüber machen kann, zu Boden zu stürzen oder einen anderen schrecklichen Unfall im Zusammenhang mit einem Drachenritt zu haben, heben wir ab.

Danax setzt zum Steigflug an und seine Flügel schlagen

kraftvoll um mich herum. Und dann fliegen wir – wir sausen durch die Luft und der Wind peitscht meine Haare umher.

Die Gebäude der Stadt sind jetzt nur noch kleine Flecken und bald sind sie ganz aus meiner Sicht verschwunden. Unter uns breitet sich dichter, üppiger Urwald aus. Alles ist von üppigem Grün bedeckt.

Das ist großartig. Besser als großartig.

Ich löse meinen Griff ein wenig und rufe einen Freudenschrei in den Himmel. Ein Kribbeln des Glücks rast an meiner Wirbelsäule entlang und ich bin sicher, dass mir ein Dauergrinsen im Gesicht klebt.

Ich fliege. So richtig – und nicht in einem Hovercraft oder einem Raumschiff oder einem anderen Fluggerät.

Danax antwortet mit einem lauten Brüllen, das durch jede Zelle meines Körpers vibriert. Ich kann wieder spüren, wie sich seine Muskeln unter mir bewegen, und wieder bin ich von seiner immensen Kraft beeindruckt.

In seiner Drachenform ist er stark. Mächtig. Ziemlich verdammt geil. Aber er ist nicht einfach ein Rohling – er ist … anders.

Danax schwenkt langsam nach rechts und nach weniger als einer Stunde erscheint vor uns eine Küstenlinie. Dann schnellt er plötzlich vorwärts und kurz darauf gleiten wir an der Küste entlang. Der Sand ist bläulich-violett gefärbt, das Wasser glitzert in einem atemberaubenden Aquamarinton.

Wir gleiten über das Wasser und tauchen tief hinab, während die Gischt der Wellen um uns herum aufspritzt. Ich schreie meine Begeisterung noch einmal heraus, obwohl mir mein Haar nun im Gesicht klebt wie bei einer nassen Ratte.

Kann Xanthara noch schöner werden?

Danax schwenkt erneut ab, diesmal in ein gebirgiges Tal mit Wasserfällen, die beide Seiten säumen. Es ist windig – so windig, dass ich leichte Turbulenzen spüren kann. Die

Wasserfälle sind atemberaubend und ich bin so damit beschäftigt, sie anzuhimmeln, dass ich nicht merke, wie wir mit voller Geschwindigkeit auf eine Gruppe von Bäumen zurasen.

Ach du Scheiße! Wir steuern direkt auf sie zu und ich klammere mich an Danax' Stacheln. „Danax! Die Bäume!", rufe ich, aber es tut nichts zur Sache, denn wir rasen ganz eindeutig darauf zu.

Er brüllt wieder und ich weiß nicht, ob er versucht, mir zu sagen, dass ich mich festhalten soll oder etwas anderes, aber dann stürzen wir durch das dicke Blätterdach. Ich ducke mich und drücke mich so gut ich kann gegen seine Schuppen. Äste brechen und splittern, während ich mein Gesicht schütze, so gut es geht.

Wir landen unsanft und inmitten einer Staubwolke, die den Dreck um uns herum hochwirbelt.

Ich halte meinen Kopf für eine Sekunde gesenkt, bis die Luft wieder sauberer ist, und gleite dann von Danax' Rücken auf den weichen, schmutzigen Boden des dichten Dschungels. „Was … Was zum Teufel war das?", stottere ich und funkle ihn an. Splitt bedeckt meine Zunge – ja, ich habe auch im Mund Schmutz.

Danax ragt über mich, passt kaum unter die Baumkronen mit seiner wuchtigen Erscheinung, und senkt seinen Kopf so weit, dass er Zentimeter vor mir zum Stillstand kommt. Plötzlich verwandelt er sich … in eine verschwommene Ansammlung von Schuppen und Flügeln, die sich in nur wenigen Sekunden in menschliche Gliedmaßen verändert …

Bis er vor mir steht. Splitterfasernackt.

Meine treulosen Nippel ziehen sich sofort zusammen. Meine Muschi wird eng. Obwohl ich weiß Gott was für Zeug in den Haaren und im Mund habe und das Adrenalin von unserem Absturz noch durch meine Adern fließt, bringt der

Anblick von Danax, wie Gott ihn schuf, mich auf Touren wie kein anderer.

Weil er wirklich riesig ist. Der Typ von der *Amoravida* kann im Vergleich dazu einpacken.

Danax scheint es nicht zu stören, dass ich seinen gigantischen Pimmel anstarre. In wenigen Augenblicken steht er direkt vor mir und legt seine Hände an meine Wangen. „Geht es dir gut?" Er betrachtet mein Gesicht so intensiv, dass ich glaube, er will es sich ganz genau einprägen.

„Landest du immer so?" Ich bin ein wenig nervös und die Hitze, die von seinem Körper ausgeht, macht mich scharf. Die Kombination dieser beiden Gefühle macht mir ernsthaft zu schaffen.

„Der Wind … Ich habe den Landeplatz verfehlt. Bist du verletzt?" Er glättet mein Haar und fängt an, Zweige daraus zu entfernen und alles, was da sonst noch drinsteckt.

„Es geht mir gut. Wirklich, du brauchst nicht …" Ich werde still und versuche nur halbherzig, ihn wegzustoßen. Ein leises Knurren kommt ihm über die Lippen und er zieht mich noch näher an sich.

Mir geht es wirklich gut und seine Sorge ist unbegründet. Aber sein köstlicher, würziger Geruch wirbelt um mich herum. Aus irgendeinem seltsamen Grund lehne ich mich gegen ihn und lasse seine starken Hände ihre Arbeit fortsetzen. Seine starken Muskeln beugen sich auf die leckerste Art und Weise, die es gibt.

Hmm.

Es ist … irgendwie nett. All das Gehabe, nur für mich.

Ich schließe meine Augen. Nur noch ein paar Minuten – dann soll er aufhören.

„Komm schon, lass uns gehen", sagt er. „Ich werde dich tragen."

Meine Augen springen wieder auf, als er versucht, mich

aufzuheben. Oh, nein. Diesmal nicht. Ich lasse mich auf keinen Fall wie ein Baby tragen.

Ich winde mich aus seinen Armen, während er mich mit verengten Augen ansieht. Er sieht aus, als wolle er mich über seine Schulter werfen wie ein Höhlenmensch, aber stattdessen nimmt er meine Hand und zieht mich hinter sich her.

Bald bewegen wir uns durch den dichten Wald. Die Geräusche von Vögeln und Insekten schwirren um uns herum und affenartige Rufe hallen durch die Baumkronen. Ich erhasche einen flüchtigen Blick auf einen langen Schwanz in Pink und Lila weiter oben in den Ästen. Dann eine weitere undeutliche Bewegung, diesmal ist das Wesen klein, grün und flauschig mit ganz schön vielen Zähnen.

Ein leichter Nebel steigt auf, während wir eine Ansammlung von Felsblöcken hochklettern. Der Wald ist an dieser Stelle so dicht, dass ich kaum etwas um uns herum erkennen kann.

„Wir haben es fast geschafft", sagt Danax. Er wartet auf mich, während ich einen gewagten Sprung über einen kleinen Zwischenraum zwischen zwei Felsblöcken mache, um ihn auf der anderen Seite zu treffen. Wir klettern noch mehr Felsen hinauf und der Nebel wird dichter, bis wir schließlich eine Lichtung erreichen.

Vor uns donnert ein riesiger Wasserfall in die Tiefe. Das Wasser ist silberblau gefärbt und ein Sprühregen bedeckt meinen Körper mit vielen kleinen Wassertropfen. Es ist das reinste Paradies und ich kann mir nicht helfen – ich möchte aus meiner Unterwäsche schlüpfen und nackt in den See unter uns springen.

Ich werfe meine Stiefel ab und fange an, mich auszuziehen, aber Danax drängt mich weiter. „Hier entlang", sagt er und führt mich zum Ursprung der Wasserfälle. Die Felsen sind glitschig und wir rutschen den restlichen Weg bis zum Ufer hinunter.

Er kniet sich hin und deutet auf etwas.

Heiliger Strohsack! Am Boden des Sees funkelt eine Schicht silbrigen Staubs. Auch die Wasserfälle schimmern in derselben Farbe.

„Der Kristallstaub kommt von den Bergen im Norden", erklärt Danax. „Dieser See ist der beste Ort, um ihn einzusammeln. Hast du das Fläschchen?"

Ich ziehe es aus meinem BH und übergebe es ihm. Er schöpft vorsichtig eine Mischung aus Wasser und Staub damit ab, bis das Fläschchen gefüllt ist.

„Das scheint nicht besonders viel zu sein", sage ich und schaue ihm über die Schulter dabei zu, wie er die Phiole zustöpselt.

„Es ist eine kleine Menge, aber sie ist sehr mächtig. Das reicht aus, um den Deflektorschild jahrelang mit Energie zu versorgen."

„Wirklich? Das ist unglaublich. Ich kann es für dich wieder in meinem BH aufbewahren, wenn du willst."

„In deinem ... *BH*?"

Vielleicht übersetze ich das Wort im intergalaktischen Standard nicht richtig.

„Tittenhalter." Ich lache, wackle mit meinen Mädels und nehme sie in meine Hände. „Sonst würden sie wild umherschwingen."

„Ah. Ein Brustgeschirr." Er starrt meine Brüste noch ein wenig länger an und nickt dann, wobei er mir das Fläschchen reicht. Er räuspert sich. „Ähm ... ja. Danke."

Ich werfe noch einmal einen Blick auf den silbrigen Staub. „Und das ist wirklich alles, was du brauchst?"

„Nein." Jetzt liegt ein lustvoller, brennender Blick in seinen Augen und ich glaube, wir reden nicht mehr über das

Kristallzeug. Mein Blick fällt auf sein Gemächt und ich habe recht – er ist steinhart und sein Schwanz wippt steif in alle Richtungen.

Seine gefüllten Adern winden sich bis hin zur Spitze und ich bin versucht, die Hand auszustrecken und ihn zu packen. Aber mit zwei Händen, denn eine wird offensichtlich nicht ausreichen.

„Ich dachte, du wärst nicht interessiert." In seiner Stimme schwingt Verlangen mit. Ich mache mir nicht einmal die Mühe, zu ihm aufzuschauen – ich weiß, dass er mich immer noch mit seinem Schlafzimmerblick ansieht und ich bin auch so schon kurz davor, meine Prinzipien über den Haufen zu werfen.

Ich beiße mir auf die Lippe und meine Muschi zuckt.

„Ich sagte, dass ich nicht daran interessiert bin, deine *Gefährtin* zu sein." Wenn er nur eine lockere Affäre wollen würde, wäre das etwas ganz anderes. Er ist unsagbar heiß und es gibt nichts, was ich lieber täte, als ihn wie ein Pony von hier bis Xylonn-5 zu reiten, aber das werde ich nicht tun.

Hinter diesem harten, fordernden Äußeren ist er irgendwie süß. Und vielleicht – nur vielleicht – wächst er mir ans Herz. Nur ein kleines bisschen.

Aber ich will ihm keine falschen Hoffnungen machen.

Ich bleibe nicht auf diesem Planeten und ich will nicht, dass er auf die Idee kommt, dass er mich für sich beanspruchen kann. Keine Paarung. Keine Babys. Nicht sein *Ein und Alles* sein.

Je klarer das zwischen uns ist, desto besser.

Seine Hand neigt mein Kinn bestimmend nach oben und ich sehe ihm wieder in die Augen.

Oh Gott, das ist ein verdammter Fehler.

Seine Augen glühen. Sein heißer und hungriger Mund

legt sich auf meinen und dann küsst er mich und drückt seinen Schwanz gegen meinen Bauch.

Und, oh, ich kann es nicht verhindern – wirklich, ich kann nichts dagegen tun. Ich greife nach unten, um ihn anzufassen. Es ist so hart und doch samtig weich trotz all der Adern, durch die er sich so schön geriffelt anfühlt.

Ich kann es kaum erwarten, herauszufinden, wie er schmeckt.

KAPITEL FÜNFZEHN

DANAX

*K*ats kleine Hände an meinem Schwanz fühlen sich unglaublich an und ich knurre, begleitet von dem donnernden Rauschen des Wasserfalls. Trotz des feuchten Nebelglanzes, der sich auf unsere Haut gelegt hat, brodelt die Hitze zwischen unseren Körpern.

Ich brauche sie. Jetzt.

Ich hebe sie in meine Arme und klettere mit ihr die glatten Felsen hinauf. Sie windet sich in meinem Griff und sieht mich böse an, aber ich halte sie fest und ignoriere die Protestgeräusche, die sie von sich gibt. Sie wirft mir eine Reihe von Schimpfwörtern an den Kopf.

Verdammt. Sie ist stark. Und gut im Fluchen.

Aber in der nächsten Sekunde küsst sie mich wieder und schlingt ihre Arme um meinen Hals. Sie schiebt mir ihre Zunge in den Mund und ich weiß, dass es ihr nicht wirklich etwas ausmacht, dass ich die Kontrolle übernehme. Ich kann ihre Hitze spüren und ihre Erregung riechen.

Sie will mich auch.

Ich kann nicht länger warten und ich glaube, sie kann es

auch nicht. Wie kann sie leugnen, dass da etwas zwischen uns ist?

„Danax … Ich … Wir …", haucht sie mir zu, während sie sich kurz von meinen Lippen löst. „Das ist –"

Ich bringe sie schnell zum Schweigen, indem ich die Finger meiner einen Hand leicht an ihren Mund drücke, während ich ihr Gewicht mit meinem anderen Arm stütze. „Das ist gut."

Sie nimmt meine Hand und sieht mich an – die Augen voller Unheil und Begierde –, bevor sie sie in ihre Hose schiebt. „Okay, wenn du spielen willst, dann lass uns spielen."

Ich stöhnte und gleite mit den Fingern über ihre Muschi.

Sie ist heiß. Und sie ist feucht. Oh fuck, ich kann es kaum erwarten, diesen süßen, süßen Honig zwischen ihren Beinen zu schmecken.

Ich lasse einen Finger in sie gleiten und pumpe ihn immer wieder in sie hinein.

„Ohhh, das fühlt sich gut an", stöhnt sie, die Augen halb geschlossen. „Gib mir mehr."

Ich füge noch einen Finger hinzu und ficke sie weiter. Ich bin mir nicht sicher, wie das möglich ist, aber mein Schwanz schwillt noch weiter an. Ich habe das Gefühl, dass ich gleich platzen muss.

Ich lege sie auf eine Stelle, die mit weichem, feuchtem Moos bewachsen ist, und sofort zieht sie mich an sich heran und klettert auf mich drauf.

Was tut sie da? Will sie oben sein? Mein Drache regt sich tief in meiner Brust. Ich möchte sie anfassen und schmecken, bevor ich tief in sie eintauche. Ein weiteres Knurren löst sich aus meiner Kehle, während ich sie wieder auf ihren Rücken lege.

Doch ihre Stärke lässt mich ein zweites Mal staunen. Ehe ich mich versehe, hat sie es mit einem wilden Manöver geschafft, sich wieder auf mich zu setzen. Sie sitzt auf mir und reibt sich an meiner Erektion.

„Kriegst du immer, was du willst?", fragt sie grinsend. Sie reibt sich noch heftiger an mir, neckt mich.

„Mmmh", stöhnte ich als Antwort und packe mir ihre kurvenreichen Hüften, während sie sich an mir reibt.

Verdammt, sie hat eindeutig zu viel an!

Sie trägt zu viel an ihrem Körper, einschließlich all ihrer Waffen. Ich ziehe an ihrer engen schwarzen Lederhose. Frauenkleider verstehe ich einfach nicht und für eine Sekunde erwäge ich, sie ihr einfach vom Körper zu reißen.

Ein zischendes Geräusch über uns in den Bäumen lässt mich meinen Blick von meiner schönen Gefährtin lösen. Das bösartige Gesicht eines *S'nai* ist nur wenige Meter entfernt. Seine eidechsenähnlichen Züge starren uns an und seine gespaltene Zunge schnellt heraus. Er schwingt sich noch weiter herunter, klammert sich mit seinem Greifschwanz an einen Ast und öffnet den Mund, um seine Fangzähne zu offenbaren.

Er ist jetzt nur noch wenige Zentimeter von Kats Kopf entfernt und sein glitzernder Speichel tropft auf ihr Geschirr. Sie zieht sich gerade die Hose aus – jetzt sitzt sie ihr schon kurz über den Knien – und scheint ihn nicht zu bemerken.

Ich greife ihre Schultern und ziehe sie ruckartig nach links, aber sie drückt mich mit einem verschmitzten Lächeln nach unten. Sie denkt, dass ich irgendein Spiel mit ihr spielen will.

„Kat, … über dir!" Ich schleudere sie zur Seite, kurz bevor der *S'nai* angreift. Seine scharfen Krallen schlagen sich in meine Haut und er stürzt sich auf mein Gesicht. Wir liefern uns für ein paar Sekunden einen Nahkampf, bevor ich in der Lage bin, ihn heftig in den Unterleib zu treten und gegen einen Baum zu schleudern.

Ich bin stärker als der Eidechsenmann, aber er ist schnell. Im Bruchteil einer Sekunde stürzt er sich wieder auf mich und lässt mir kaum genug Zeit, um aufzustehen. Ich schlage ihm mit meinen Fäusten ins Gesicht, bis Blut in alle Richtungen spritzt, aber er gibt immer noch nicht auf.

Die *S'nai* sind eine skrupellose, bösartige Spezies. Sie greifen oft grundlos an und wenn sie es tun, kämpfen sie bis zum Tod.

Außerdem kommen sie immer im Rudel.

Als das Zischen in den Bäumen lauter wird, sinkt mein Herz, obwohl ich das erwartet habe. Fünf weitere Echsenmenschen hüpfen auf den Boden. Ich mache mir Sorgen um Kat – ich muss sie um jeden Preis beschützen. Ich schlage meinen Gegner mit einer starken Rückhand in einen Felsbrocken und beobachte, wie sein Körper zu Boden gleitet und zusammengesackt liegen bleibt, bevor ich mich umdrehe, um verzweifelt nach meiner Gefährtin zu suchen.

Ich bin bereit, sie mit meinem Leben zu verteidigen.

Aber Kat schwingt bereits ihre Schwerter. Sie blitzen in der Luft auf und ich beobachte ehrfürchtig, wie sie dem ersten *S'nai*, der auf sie zuläuft, mit Leichtigkeit den Kopf abschlägt. Dem zweiten bohrt sie ihr Schwert sauber in den Bauch und dem dritten schlägt sie kurzum den Griff ihres Schwertes ins Gesicht.

Bald sind weitere Eidechsenwesen auf dem Vormarsch, als nun das gesamte Rudel aus den Bäumen herabsteigt. Sie umkreisen uns und ihre zischenden Laute erfüllen die Luft.

Es sind zumindest dreißig – viel zu viele, als dass ich in meiner menschlichen Gestalt unbewaffnet gegen sie kämpfen könnte. Ich verwandle mich schnell und die Neuausrichtung meiner Knochen, Muskeln und Sehnen verursacht die kurzen Schmerzen, an die ich längst gewöhnt bin. Bald erhebe ich mich in meiner Drachengestalt über die Bäume.

Ich tauche mit meinem Kopf unter die Baumkronen, schnappe mir mit meinem Maul zwei *S'nai* und zermalme sie in Stücke. Doch ich spucke sie sofort wieder aus – Eidechsenmenschen schmecken wirklich fürchterlich.

Diese Scheiße werde ich nicht fressen.

Unter mir bewegt sich Kat zügig und geschickt. Die *S'nai* greifen sie von zwei Seiten an, aber sie kann es mit ihnen aufnehmen, schlitzt sie auf und schlägt mit ihrem Schwert auf sie ein. Köpfe rollen und Kat wird keinen von ihnen am Leben lassen. Auch wenn sie keine Schwierigkeiten hat, sich zu verteidigen, fühle ich mich schuldig.

Ich habe sie hierhergebracht, an diesen Ort. Es ist meine Schuld – ich habe sie in Gefahr gebracht. Jetzt muss ich sie beschützen.

Nicht weil sie schwach ist, sondern weil sie wichtig ist.

Frustriert brüllend schlage ich mit meinem Vorderbein nach drei weiteren Echsenmenschen und schleudere sie in eine Baumgruppe. Zwei von ihnen versuchen, auf meinen Rücken zu klettern, aber ich schüttle sie ab.

Am einfachsten wäre es, sie alle mit meinen Flammen abzufackeln. Aber Kat steckt noch mitten in dem Tumult – das kann ich nicht riskieren. Wenn sie nur auf mich klettern würde, sicher zwischen meinen Schultern, könnte ich mich um alles kümmern.

Die Situation ist zu gefährlich für sie. Viel zu gefährlich. Sie sollte wirklich nicht kämpfen müssen.

Ich brülle wieder und versuche, ihre Aufmerksamkeit zu erregen. Ich wünschte, ich könnte in meiner Drachengestalt mit ihr sprechen, aber ich kann es nicht.

Sieh mich an, verdammt!

Aber sie kämpft entschlossen weiter und zieht gerade eines ihrer Schwerter aus der Brust eines *S'nai*, während sie ein weiteres an anderer Stelle hineinstößt.

Ihre Wildheit fasziniert mich. Zieht mich in ihren Bann. Ich habe noch nie eine Frau wie sie getroffen. Aber Blut spritzt in ihr Gesicht und ich weiß nicht, ob es ihres ist oder das eines der *S'nai*, und die Angst um sie packt mich wieder.

Es reicht. Wir fliegen los. Jetzt. Wenn es nur um mich ginge, würde ich kämpfen, bis alle Echsenmenschen erledigt sind. Aber Kat ist hier und sie ist wertvoll. Ich kann nicht riskieren, sie zu verlieren.

Ich trample auf sie zu, zerquetsche noch ein paar Echsenwesen auf dem Weg und lege meine Klauen um sie. Bevor ich sie hochheben und uns in Sicherheit bringen kann, katapultiert sie sich an meiner Kralle in die Luft, wobei sie ihre Schwerter in einem weiteren *S'nai* versenkt.

Sie triumphiert lautstark, aber ich antworte mit einem weiteren lauten Brüllen. Meine Frustration steigert sich ins Unermessliche. Was macht sie da? Warum muss sie so stur sein?

Sie ist wieder umzingelt und ich auch. Mehr *S'nai* springen von den Bäumen herunter. Sie kämpft unerbittlich weiter und ich zermalme und schlitze alle Echsenmenschen auf, die sich mir in den Weg stellen. Im Moment sind mir die *S'nai* ehrlich gesagt scheißegal – alles, was ich will, ist, zu meiner Gefährtin zu gelangen.

Noch mehr Kreaturen schaffen es, auf meinen Rücken zu klettern. Sie verbeißen sich in meinen linken Flügel und ich brülle verärgert auf. Ich breite meine Flügel aus, aber der Dschungel ist dicht und bietet kaum Platz für Bewegung. Ich kann zwar abheben, ... aber ich kann Kat nicht zurücklassen. Ich schlage mit den Flügeln, um die Wesen abzuschütteln, aber sie krallen sich fest, nagen und bohren sich in mein zartes Fleisch.

Jetzt bin ich richtig sauer. Es ist nur eine kleine Fleischwunde – nur ein Kratzer –, aber immer noch ärgerlich. Ich lasse meine Wut an den verbliebenen *S'nai* aus und muss zugeben, dass sie tapfer kämpfen. Ich bin kein blutrünstiger Drache, aber wenn ich sauer bin, bin ich wirklich sauer.

Kat. Ich muss zu Kat gelangen. Ich mache mich wieder auf den Weg zu ihr und zerstöre alles, was mich von ihr fernhält.

Sie ist am ganzen Körper blutverschmiert und auf ihrem Gesicht erkenne ich Besorgnis. „Danax … Dein Flügel!"

Der ist in Ordnung! Ich wünschte, ich könnte sie beruhigen, aber natürlich spricht sie die Drachensprache nicht. Alles, was ich tun kann, ist, zu brüllen und zu hoffen, dass sie es versteht.

Kat springt mit einem Satz auf meinen Rücken und nachdem einige laute echsenähnliche Grunzlaute durch die Luft hallen, stürzen die Körper mehrerer der Kreaturen zu Boden.

Sie springt von mir herunter und die wenigen letzten *S'nai* starren uns entsetzt an. Sie drehen sich um, um zu fliehen, und lassen uns allein im Wald zurück.

Schnell verwandle ich mich in meine menschliche Gestalt und suche Kat nach Verletzungen ab. Als ich überzeugt bin, dass das meiste Blut an ihrem Körper nicht von ihr stammt, ziehe ich sie an mich und halte sie fest.

Ich habe das Gefühl, dass mein Herz einen Schlag aussetzen könnte.

Ich weiß ehrlich gesagt nicht, was ich täte, wenn ich sie verloren hätte. Zumal es meine Schuld gewesen wäre. Ich atme in ihr Haar, ohne mich darum zu kümmern, dass sie feucht von dem vielen Blut ist, und schwöre, dass ich sie von nun an beschützen werde.

„Ähm … Danax? Du blutest mich voll. Normalerweise hätte ich nichts dagegen, aber ich glaube, du bist wirklich verletzt."

KAPITEL SECHZEHN

KAT

*D*anax' linker Arm ist völlig zerschnitten und blutig. Ich mache mir Sorgen, aber als ich ihn darauf aufmerksam mache, zuckt er nur mit den Schultern und schnaubt. Der Schmerz bringt seine Augen zum Glänzen, aber er beißt sich fest auf den Kiefer. Er scheint viel mehr darum besorgt zu sein, ob es mir gut geht.

„Es wird heilen", sagt er. „Bis morgen früh – Drachen heilen schnell." Er untersucht mich zum millionsten Mal – ich weiß, dass ich ziemlich wild aussehen muss.

„Es geht mir gut." Mehr als gut, um ehrlich zu sein. Adrenalin rast mir durch die Blutbahn, wie es immer nach einem befriedigenden Kampf der Fall ist. „Das Blut ist nicht von mir."

Nun, vielleicht ein bisschen davon, aber nicht mehr als ein oder zwei Kratzer. Nichts im Vergleich zu seiner Verletzung. „Wir müssen die Wunde sofort reinigen. Lass mich dir helfen."

Danax nickt. „In Ordnung. Komm mit … Hier entlang." Er führt mich von dem Gemetzel weg und durch die Bäume[1] und bald erreichen wir einen weiteren Wasserfall. Dieser ist kleiner und von hohen Felsbrocken umgeben. Er fühlt sich abgeschiedener und geschützter an.

Er sinkt in das Wasser. „Zieh dich aus und komm rein", weist er mich an.

Ich ziehe mich aus und sorge dafür, dass *Kobra* und *Python* in der Nähe des Ufers bleiben, falls noch mehr *S'nai* beschließen, sich zu uns zu gesellen. Danax' Blick schweift über meinen nackten Körper, während ich ihm ins Wasser folge. Ich tauche mit dem Kopf für ein paar Sekunden unter und wasche den ganzen Dreck ab.

Als ich nach oben komme, um Luft zu holen, steht Danax direkt vor mir. Meine Brustwarzen ziehen sich zusammen und nein, das kommt nicht von dem kühlen Wasser.

„Komm", sagt er und zieht mich zu sich heran. Ich spüle Wasser über seine Wunde und beobachte, wie die Rinnsale über seine festen Muskeln fließen und das Blut abwaschen. Er hat recht – Drachen heilen wirklich schnell, denn die Wunde hat bereits aufgehört zu bluten.

„Ich sollte das für dich verbinden. Lass mich, oh … mmmphh!"

Danax' Lippen prallen auf meine. Seine fordernde Zunge drängt sich in meinen Mund und erforscht ihn entschlossen. Ich erwidere seinen Kuss mit so viel Schwung, wie ich aufbringen kann.

Der Rausch des Kampfes rast durch meine Adern und nährt die Lust, die von Anfang an da war. Ich kann nichts dafür, dass Danax und ich unterschiedliche Erwartungen an die Sache zwischen uns haben. Ich bin heiß und ich will ihn.

„Hey, das hier ist nur ein Abenteuer", murmle ich zwischen Küssen und kleinen Knabbereien, „richtig?"

Er murmelt etwas Zusammenhangloses und küsst mich dann noch leidenschaftlicher – und ich liebe es, wie sich seine stählerne Brust an meinen schmerzenden Nippeln anfühlt. Ich stöhne in seinen Mund, während er seine köstlich raue Zunge an meiner reibt.

Meine Muschi zuckt wieder. Ich will wissen, wie sich diese raue Zunge anfühlt, wenn er damit über meine Klitoris leckt.

Danax packt mich kräftig an den Hüften und zieht mich aus dem Wasser, um mich auf meinem nackten Hintern auf weiches Moos zu setzen. Meine Beine baumeln ins Wasser und er drückt sie auseinander, um meine nasse Muschi für sich zu öffnen. Ich bin gerade aus dem Wasser gekommen, aber ich spüre, wie meine Säfte an meinen Innenschenkeln hinunterrinnen.

„Du bist so schön." Seine Stimme ist heiser und rau.

Sie gefällt mir. Sie ist sexy und macht mich an. „Ach ja?" Ich habe den Drang, ihn neben mir hochzuziehen und mich auf sein Gesicht zu setzen. Meine herrlich feuchten Falten an ihm zu reiben und mich von ihm lecken zu lassen, als wäre ich der leckerste Lutscher aller Zeiten.

Aber ich tue es nicht. Stattdessen lehne ich mich zurück und lasse ihn die Kontrolle übernehmen. Aus irgendeinem Grund gefällt mir dieses Geben und Nehmen. Ein kleiner Schubs und ein kleiner Zug.

Er schnippt mit dem Finger gegen meine Klitoris. Noch ein Schnippen. Ich zittere vor Vergnügen und schiebe ihm meine Hüften entgegen.

Aber er ignoriert meine Muschi und legt seinen heißen Mund um meine linke Brustwarze. Ich kann nicht anders, als so laut zu stöhnen, dass das Geräusch im ganzen Wald widerhallt. Er umspielt den Nippel mit seiner Zunge, während er den anderen kneift. Ein weiteres Stöhnen entfährt mir, so laut, dass es einen Schwarm kleiner Vögel erschreckt, die aus einem Baum ausbrechen.

Danax bewegt sich meinen Bauch hinunter, küsst und

leckt meine Haut, bis er an meinem Hügel ankommt. Ich wippe wieder mit den Hüften und greife nach seinen Haaren. Ich will das, sofort. „Danax!", protestiere ich. „Fick mich."

„Ich möchte mir Zeit mit dir lassen", knurrt er. „Um zu sehen, wie jeder einzelne Teil von dir schmeckt."

„Uff!", sage ich, während mich ein weiteres lustvolles Beben durchzuckt. Ein Teil von mir mag diese Aufmerksamkeit und all die Gefühle, die damit einhergehen, aber es ist ein bisschen anders als der schnelle, leidenschaftliche Fick, den ich mir vorgestellt hatte.

Er küsst die Innenseite meines Schenkels. Diesmal antwortet er mit einem Stöhnen. „Du bist so feucht", sagt er. Ich glaube, er hält nicht mehr lange durch – ich höre das Verlangen in seiner Stimme. Er leckt noch näher an meiner nassen Mitte und ich glaube ehrlich gesagt, dass auch ich nicht mehr allzu lange durchhalte.

Er ist einfach unfassbar!

Als er endlich mit seiner rauen Zunge über meine Falte leckt, fühlt es sich besser an, als ich es mir vorgestellt habe.

Es ist absolut fantastisch.

Ich krümme mich unter ihm, als er mich leckt, und als er mich mit seiner Zunge fickt, kann ich mich nicht mehr halten. Er gleitet ein und aus, während sein Daumen meine Klitoris reibt.

Mein Orgasmus donnert ruckartig durch meinen ganzen Körper. Ich schreie so laut, dass ich wette, dass es jeden *S'nai* im Umkreis von dreißig Meilen in die Flucht schlägt.

KAPITEL SIEBZEHN

DANAX

*D*er Geschmack meiner Gefährtin macht mich absolut wild. Ihr Duft berauscht mich und ihre Säfte bedecken mein Gesicht.

Ich ziehe meine Zunge noch einmal über ihre köstlichen Schamlippen und genieße die Geräusche, die sie ausstößt.

Ich wünschte, ich könnte den ganzen Tag damit verbringen, die süßen Säfte zwischen ihren Oberschenkeln abzulecken, aber noch während sie weiter unter den Bewegungen meiner Zunge zittert, zieht sie mich schon zu sich nach oben.

„Wow, das machst du gut", sagt sie. Sie grinst teuflisch. Ihr langes Haar ist zerzaust und hängt nass über ihre Schultern und ihren Rücken herunter und umrahmt ihr Gesicht wie das einer wilden Kriegerprinzessin. Ich habe noch nie jemanden gesehen, der so schön ist.

Mein Schwanz ragt heraus wie eine wütende Bestie, bereit, sie zu nehmen.

Sie küsst mich mit einer Leidenschaft, wie ich sie noch nie bei einem Wesen erlebt habe. Sie ist wild. Entschlossen. Ich habe sie kämpfen sehen und jetzt bringt sie eine ganz andere Art von Feuer ins Schlafzimmer.

Oder besser gesagt, auf das Moos. Verdammt! Ich schwöre, dass ich sie das nächste Mal irgendwo ficken werde, wo es bequemer ist.

Sie klettert auf mich und reibt ihre nasse Muschi über meine Länge. Mein Schwanz wird noch härter und ich stöhne, während sie mir ihre Brüste ins Gesicht drückt. Ihre Hüften reiben sich an mir und ich greife mir ihren Arsch und lasse die Spitze meines Schwanzes durch ihre glatten Lippen gleiten.

Sie schafft es noch, dass ich jeden Moment komme, und dabei bin ich noch nicht einmal in ihr drin.

Ich hebe sie noch weiter an, positioniere mich genau an ihrem Eingang, bereit, in sie zu stoßen. Aber sie stemmt sich auf meine Schultern und schwebt über mir. Sie lacht und reibt sich noch einmal an meiner Länge.

Jetzt ist sie es, die *mich* in den Wahnsinn treibt.

Ein Knurren poltert über meine Lippen, aber sie lacht nur noch einmal und beugt sich herunter, um mich zu küssen. Sie knabbert an meiner Unterlippe.

„Ich werde dich reiten", sagt sie. Sie hat ein verspieltes Funkeln in den Augen. „Ist das hier gegen die Regeln?"

Ich sage nichts weiter und ziehe sie wieder auf meine Erektion. Ich widerstehe dem Drang, sie auf alle viere umzudrehen und sie von hinten zu nehmen, auch wenn meine Urtriebe mir das Denken schwer machen. Mein innerer Drache knurrt ungeduldig.

Sie senkt sich auf meinen Schwanz. Ihre feuchte Hitze umgibt mich und sie schnappt nach Luft und nimmt mich auf, Zentimeter für Zentimeter. Ihre inneren Muskeln verkrampfen – fuck, ist sie eng.

„Danax, du bist riesig!"

Oh … Das auch. Menschliche Weibchen sind so viel kleiner als die Weibchen unserer Spezies.

Aber es scheint ihr nichts auszumachen – ich sehe eindeutig reines Vergnügen auf ihrem Gesicht.

Und sie fühlt sich gut an. So verdammt gut. Ich stöhne, unfähig, zusammenhängende Worte zu bilden, als sie beginnt, sich an meinem Schaft entlangzubewegen. Ich packe ihre Hüften, aber sie bestimmt das Tempo. Zuerst langsam, dann schneller, während sie sich an meine Größe gewöhnt.

Bald wippt sie an mir auf und ab und ihre Brüste wackeln in meinem Gesicht. Ich rolle ihre Brustwarzen zwischen meinen Fingern und sie wirft ihren Kopf zurück. Sie schreit in die Nacht hinaus und die Geräusche, die sie von sich gibt, machen mich noch mehr an.

Sie ist wild und ungezügelt und dafür möchte ich sie noch mehr zähmen.

Mein inneres Biest hält nicht länger durch.

Ich drehe sie auf dem weichen Moos auf den Rücken. Sie schaut mich einen Moment lang überrascht an, schlingt dann aber ihre Beine um meine Taille. Sie zieht mich an sich, um mich innig zu küssen, und ihre Zunge tanzt mit meiner.

„Beine auf meinen Schultern", sage ich und sie tut es. Dann stoße ich mich in sie, bis meine Eier gegen ihren Arsch klatschen, und sie stöhnt wieder lustvoll auf.

Meine Stöße werden schneller und härter und ich reibe meinen Daumen an ihrer Klitoris. Ihren Geräuschen nach ist sie nah dran – und ich auch. Meine Eier ziehen sich zusammen und meine Befreiung bahnt sich ihren Weg an die Oberfläche.

Noch ein harter Stoß.

Ein letzter.

Kat schreit auf und ihre Muschi zieht sich um meinen Schwanz zusammen. Ihre Muskeln krampfen, als ich in ihr explodiere und mein Sperma tief in sie hineinspritze.

„Fuck", murmelt sie. Dann wird sie schlaff, lässt sich ganz fallen und schlingt ihre Beine wieder um meine Taille.

Ich werde weicher in ihr. Ich lasse mich auf die Seite fallen, um sie nicht zu erdrücken, ziehe sie zu mir und schmiege mich von hinten an sie.

Zuerst verkrampft sie sich und zappelt in meinem Griff.

Gefällt ihr das nicht? Ich bin verwirrt. Die Weibchen meiner Spezies haben sich immer beschwert, wenn es nach dem Sex kein Kuscheln gab.

Aber ich lockere meine Umarmung und lasse ihr etwas Raum. Bald entspannt sie sich. Ich lege meinen Arm wieder um sie und küsse sanft ihren Nacken.

Mein Arm tut immer noch ein wenig weh und um ehrlich zu sein, sollte ich ihn wahrscheinlich verbinden. Aber im Moment stehe ich für nichts in der Welt auf.

Dieser Moment – alles daran – ist es absolut wert.

KAPITEL ACHTZEHN

KAT

*I*ch wache mitten in der pechschwarzen Nacht auf und versuche mich zu orientieren. *Oh, mein Gott.* Wo bin ich?

Ich blinzle ein paar Mal, aber es hat keinen Zweck. Es ist so dunkel, dass ich rein gar nichts sehen kann. Ein seltsames leises Summen füllt den Raum aus, unterbrochen von lautem Schnauben. Meine Sinne sind jetzt in Alarmbereitschaft und ich taste vorsichtig nach meinen Waffen.

Ich weiß nur, dass ich mich an einem sehr, sehr dunklen Ort befinde, und egal, ob diese Geräusche von einem Weltraum-Wildschwein oder einem schleimigen außerirdischen Kidnapper kommen, ich will vorbereitet sein.

Meine Hände treffen auf einen warmen, riesigen Körper. Und er schnarcht.

Danax.

Ich stoße einen Seufzer der Erleichterung aus. Die Ereignisse der vergangenen Nacht gehen mir durch den Kopf. Der Drachenritt. Die *S'nai.* Und der fabelhafte, überwältigende Sex, gefolgt von noch mehr Sex, sobald wir wieder in Danax' Gemächern waren.

Er dreht sich im Schlaf um und zieht mich an sich. Er löffelt mich von hinten und hält mich schützend fest wie ein Höhlenmensch. Das Schwebebett schwankt ein wenig, während ich mich winde.

Igitt. Nein, nein, nein. Dieses Kuscheln gefällt mir gar nicht.

Oder?

Ich winde mich wieder, aber Danax zieht mich nur näher heran. Das Schnarchen geht weiter. Schließlich entspanne ich mich und genieße es, in seinen Duft gehüllt zu sein. Er riecht immer so verdammt gut.

Es ist fast so, als ob ich perfekt in diese Löffelform passe, die er mit seinem Körper bildet. Er ist so warm und ich drücke mich gegen seine harten Muskeln. Ich brauche ihn nicht zu meinem Schutz, aber es hat etwas Schönes, hier zu sein, in seinen Armen. Einfach nur nebeneinander zu schlafen, nicht zu ficken oder sonst was.

Das kenne ich gar nicht.

Ich habe weder Grayson noch irgendeinen anderen Mann über Nacht bei mir bleiben lassen. Das war von Anfang an eine meiner Regeln. Nicht, dass ich es jemals wirklich direkt zu ihnen gesagt hätte, aber ich war entweder diejenige, die nach dem Spaß wieder ging, oder ich habe ihnen einfach höflich ihre Kleider in die Hände gedrückt.

Sie haben den Hinweis immer verstanden.

Es ist sinnlos, etwas Ernstes mit jemandem anzufangen, solange ich immer nur für kurze Zeit an einem Ort bleibe. Emotionen verkomplizieren die Dinge. Es ist unvermeidlich, dass in jeder Beziehung immer jemand zurückbleibt. Warum sollte man sich dann die Mühe machen, sein Herz zu investieren?

Außerdem mochte ich schon immer meinen persönlichen Freiraum. Es geht nichts über die Möglichkeit, sich auszubreiten und das ganze Bett in Beschlag zu nehmen. Und dass ich mit meinen Schwertern direkt neben mir schlafen kann – das ist das Sahnehäubchen auf der Torte. Manche Männer finden das komisch.

Aber jetzt … bin ich mir nicht sicher, was los ist. Ich fahre mit den Fingern an den Muskeln von Danax' Oberarm entlang, über den Verband, den ich gestern Abend anlegen durfte. Etwas an ihm fühlt sich so gut an. So natürlich. Der Sex mit ihm ist erstaunlich – dank seines irgendwie geriffelten Teils –, aber da ist noch etwas anderes. Und es liegt nicht daran, dass meine Schwerter nur ein paar Meter entfernt sind und er sich nicht darüber beschwert hat.

Mein Herz macht einen seltsamen Ruck in meiner Brust. Egal wie toll sich das zwischen uns anfühlt, ich gehöre nicht hierher. Ich bin ein Söldner – ich bleibe nie zu lange an einem Ort. Ich habe Monster zu töten. Generäle zu bewachen. Das gesamte Universum zu erforschen.

Aber ich habe vorgesorgt. Ich trage ein Implantat, um eine Schwangerschaft zu verhindern, und morgen Früh habe ich ein Treffen mit Kapitän Kajmak.

Es könnte doch nicht schaden, nur noch ein *bisschen* länger in diesem schönen warmen Bett zu bleiben, oder?

Ich kann nicht anders, als mich tiefer in seinen Armen zu vergraben.

Danax zuckt erschrocken hoch. „Mmmph!", murmelt er mit seiner tiefen, knurrenden Stimme.

Hoppla. Meine Haare kitzeln ihn wohl in der Nase. Ich lache und gebe mein Bestes, meine Mähne zu bändigen, damit sie nicht in seine Nasenlöcher ragt.

„Besser, danke", brummt er mir in den Nacken.

„Für dich tue ich alles, du sexy Kerl."

Ich stoße versehentlich wieder gegen seinen Verband und

obwohl ich mit dem Rücken zu ihm liege und ihn nicht sehen kann, spüre ich eine Welle der Energie zwischen uns.

„Und danke, dass du mir vorhin geholfen hast … im Dschungel." Er hält inne, beugt den Arm. „Ich wollte es dir gestern Abend sagen. Dich kämpfen zu sehen, war unglaublich."

Meine Wangen werden warm. Ach! Ich erröte doch sonst nie. Aber ich bin begeistert, dass er meine Kampffähigkeiten gutheißt. „Nun, ich bin einfach froh, dass es dir gut geht." Ich mache eine kurze Pause. „Und … ich danke dir auch."

Danax liegt still da und wartet.

„Dafür, dass du mich vor der fleischfressenden Pflanze gerettet hast." Ich stoße einen Atemzug aus, während ich es sage. Der Stolz ist manchmal ein Miststück, aber es ist wahr – Danax hat mir das Leben gerettet. „Ohne dich wäre ich Pflanzenfutter geworden."

Er fährt mit seinen Fingern meinen Arm hinunter. „Wir sind ein gutes Team."

Ein Kribbeln der Freude rauscht mir über die Wirbelsäule, obwohl ich weiß, dass der Team-Aspekt für uns nie funktionieren wird.

„Gestern Abend war ein schönes Abenteuer", sage ich. „Fast wie ein erstes Date, weißt du?"

„Ein Date?"

„Ja. Wie etwas, das man tut, wenn man jemanden zum ersten Mal trifft. Ich bin auf der Erde aufgewachsen und das haben wir dort gemacht, wenn wir uns für jemanden interessiert haben."

„Du hast bei einem Date gegen Echsenmenschen gekämpft?"

„Ähm, nein." Ich lache wieder. Das muss für ihn absurd klingen. „So habe ich das nicht gemeint. Wir sind ins Kino gegangen, zum Abendessen, unterhielten uns, lernten uns kennen. Ein paar Küsse. Ein Blowjob hier und da. Eine Gelegenheit, um herauszufinden, ob man die Person mag oder nicht."

„Ein Blowjob?" Danax scheint von der ganzen Sache mit dem Date völlig verblüfft zu sein.

„Ja. Manche Männer haben versucht, es wirklich romantisch zu gestalten. Ein Essen bei Kerzenschein oder sowas. Ich mochte lieber die Dates, bei denen wir etwas Lustiges unternahmen. Etwas Gewagtes. Zum Beispiel nackt durch die Straßen zu rennen oder so. Ich mochte das klischlige Zeug nie."

Danax ist für eine Sekunde ruhig. „Du sprichst vom Umwerben. Früher haben wir das hier auf Xanthara auch getan – als die Weibchen unserer Spezies noch lebten –, aber wir haben es nie persönlich gemacht. Meistens schickten die Männchen Geschenke. Und Beziehungen wurden gewöhnlich von Familien arrangiert, vor allem bei Angehörigen der Königsfamilie."

„Du durftest nicht wählen?"

„Nein."

Jetzt bin ich an der Reihe zu schweigen. Es ist erstaunlich, wie unterschiedlich unsere Hintergründe sind und wie wohl ich mich doch mit ihm fühle.

Danax kuschelt sein Gesicht in mein Haar und es kitzelt auf eine gute Art und Weise. „Du hast unser Date also genossen?", fragt er.

„Natürlich! Es war ein bisschen gefährlich und das mit deinem Arm tut mir leid, aber es war fantastisch. Wirklich." Ich hatte eine großartige Zeit, besonders mit dem zusätzlichen Cardio-Training.

„*Zu* gefährlich." Ich spüre, wie sich Danax' Stimmung verdüstert. „So ein Date können wir nicht noch einmal machen."

„Es war genau richtig!", protestiere ich. „Wir sind beide weitgehend unverletzt rausgekommen und …"

„Nein."

„Aber ich bin eine gute Kriegerin und …"

„Meine Aufgabe ist es, dich zu beschützen. Ich habe dich in zu große Gefahr gebracht und du wirst nie wieder als meine Gefährtin kämpfen müssen. Ich möchte, dass du dein Leben hier genießt und tun kannst, was dir Spaß macht, solange du in Sicherheit bist."

Ich seufze. Schon wieder dieses Gefährten-Geschwafel. Wieso kann Danax nicht verstehen, dass ich gehe? Und dass ich nie wieder kämpfen soll?

Lächerlich.

Wir hatten ein Date und es war toll – und ich werde ihn auf jeden Fall vermissen –, aber es ist Zeit für mich, nach Hause zu fliegen. Morgen, genau genommen.

Ein schweres Gefühl versucht, sich in meinem Herzen auszubreiten, aber ich verdränge es.

Im Hintergrund höre ich ein dröhnendes Geräusch und stelle fest, dass es Danax ist, der immer noch redet. Etwas über eine Paarungszeremonie?

Oh Gott. Auf keinen Fall.

Ich will nicht mehr reden. Emotionen wollen in mir aufkeimen, aber ich will nichts davon wissen.

Ich drehe mich um, um mich zuerst rittlings auf ihn zu setzen und dann nach oben zu rutschen, um mein Gesicht über ihm zu platzieren, damit er still ist.

Überrascht reißt er die Augen auf, aber ich kann auch Begierde in seinem Blick erkennen.

Ich reibe mich an ihm und schon bald leckt er meine Spalte. Er leckt und saugt und wirbelt seine Zunge, bis eine Million Sterne vor meinen Augen explodieren.

Und dann reite ich ihn hart – in der umgedrehten Reiterstellung –, weil es eine meiner Lieblingsstellungen ist und ich traurig wäre, das nicht mit ihm zu erleben, bevor ich gehe.

Danach lässt sich Danax auf die Kissen fallen und in wenigen Minuten beruhigt sich seine Atmung. Ich weiß, dass er schläft. Sobald das Schnarchen einsetzt, befreie ich mich ganz langsam aus seiner Umarmung. Ich finde meine Waffen in der Dunkelheit, taste mich zur Tür und schlüpfe in die Nacht hinaus.

KAPITEL NEUNZEHN

DANAX

*M*ein Schwanz pocht bereits wie verrückt und ist hart, sehnt sich nach meiner Gefährtin. Aber als ich das Bett nach ihr abtaste, ist der Platz neben mir leer.

Kat ist weg.

Die ersten Sonnenstrahlen fallen durch das Oberlicht in meinem Schlafzimmer und das einzige Geräusch kommt von den kleinen Sprinklern, die dafür zuständig sind, die begrünten Wände zu bewässern. Dies ist die erste Nacht, die sie mit mir verbracht hat, aber meine Gemächer fühlen sich ohne sie bereits leer an.

Zuerst frage ich mich, ob sie auf die Toilette gegangen ist. Aber ich sehe mich um und stelle fest, dass alle ihre Sachen weg sind. Ich empfinde Panik, als ich über ihre Sicherheit nachdenke. Wo ist sie hingegangen? Geht es ihr gut?

Ich springe aus dem Bett und meine Gefährtin zu beschützen ist alles, woran ich denken kann. Dann zwinge ich mich, aufzuhören. Und zu atmen.

Wenn jemand auf sich selbst aufpassen kann, dann ist es Kat. Ich habe noch nie jemanden – ob Mann oder Frau –

gesehen, der so geschickt mit Waffen umgehen kann. Sie ist in der Lage, zwei Schwerter gleichzeitig zu führen, als wären sie einfach eine natürliche Verlängerung ihres Körpers.

Kat ist beeindruckend. Eine Kriegerin. Und obwohl es mein erster Impuls ist, sie zu beschützen und vor Schaden zu bewahren, wird mir jetzt klar, dass sie mir genau das verweigert.

Sie ist wild und frei. Willensstark und stur.

Die Bestie in mir bäumt sich frustriert auf. Ich kann meine Urinstinkte, sie zu zähmen und ganz für mich zu beanspruchen, nicht ignorieren. Sie muss verstehen, dass ich das nur tue, weil ich jetzt weiß, dass ich sie liebe. Ich kann ohne sie nicht leben. Aber wenn ich sie zu sehr dränge, vertreibe ich sie dann?

Schwermut breitet sich in mir aus. Ist sie deshalb gegangen? Manu sagt oft, mit mir könne man keinen Spaß haben, und dass ich ein Kontrollfreak bin.

Ich kann nicht riskieren, sie zu verlieren.

Ich starre auf meinen prallen, geschwollenen Schwanz. Ernsthaft? Immer noch? Ein Knurren kommt aus meiner Kehle. Normalerweise macht es mir nichts aus, eine Morgenlatte zu haben, aber jetzt gerade ist ein schlechter Zeitpunkt. Ich will sofort Kat suchen gehen.

Ich seufze, weil ich mich wohl doch zuerst darum werde kümmern müssen. Ich nehme meine Länge in die Hand und beginne leicht zu pumpen, während ich mich ins Bad begebe und die Dusche einschalte. Ich mache mir nicht die Mühe, das heiße Wasser aufzudrehen, und stelle mich unter den frischen Strahl.

Die Kälte erschüttert meinen Körper, tut aber nichts, um meine Erektion zu erleichtern. Ich pumpe weiter meinen Schwanz, schließe meine Augen und stelle mir Kats Hände an mir vor. Noch ein Anflug von Frustration strömt durch mich hindurch. Ich wünschte, sie wäre geblieben, damit ich mit ihrem schönen Gesicht vor meinen Augen hätte aufwachen können.

Ein lautes Brüllen entfährt mir, als mein heißes Sperma über meine Hand und den Duschboden spritzt. Es glitzert in einem schimmernden, funkelnden Blau und schlängelt sich träge den Abfluss hinunter. Ich starre es noch ein paar Augenblicke lang an, während mein Schwanz in meiner Hand schlaff wird und das Wasser weiter über meinen Körper strömt.

Manus Stimme reißt mich von der Tür her aus meinen Gedanken. „Hey, wenn du fertig bist, kann ich dann mit dir reden?"

Ich drehe mich zu ihm um und werfe ihm einen bösen Blick zu. Was ist aus der privaten Dusche geworden und daraus, seine Morgenlatte zu genießen? Manu scheint gar nicht bemerkt zu haben, was vor sich geht – Sorge steht ihm ins Gesicht geschrieben.

„Was ist?", frage ich.

„Die Varghalier haben uns offiziell den Krieg erklärt."

KAPITEL ZWANZIG

DANAX

*M*anu und ich schieben uns durch das wilde Gedränge im Hauptsaal des Palastes. Die Nachricht von der varghalischen Kriegserklärung hat sich schnell verbreitet und Xantharianer eilen durch die Korridore.

„Wir sind nicht bereit, gegen die Varghalier zu kämpfen", sage ich, während wir uns auf den Thronsaal zubewegen. „Warum lassen wir uns nicht vom Deflektorschild schützen, während wir unsere Armee verstärken? Während wir unsere Verbündeten um Hilfe bitten? Wir haben jetzt mehr als genug Staub."

Manu schüttelt den Kopf. „Wir können hinter dem Deflektorschild bleiben – er ist stark genug. Aber wie lange wird es dauern, bis wir bereit sind? Wir haben die Hälfte unserer Bevölkerung verloren. Und ist es wirklich fair, dass wir das Bündnis um Hilfe bitten? Das ist nicht ihr Kampf, es ist unser Kampf."

Manu hat recht. Die roten Außerirdischen sind uns vier zu eins überlegen. Selbst wenn wir diesen Kampf im All austragen würden, wären ihre Kriegsschiffe viel besser gerüstet als unsere. Wenn wir unsere Verbündeten auf anderen Planeten um Hilfe bitten, bringt das nur noch mehr Tod und Gemetzel für alle Beteiligten.

Mein Bruder und ich mustern einander grimmig. Diesen Aufruf zum Krieg zu akzeptieren, wäre reine Idiotie.

Sie würden uns abschlachten.

Wir müssen einen anderen Weg finden, um diesen Krieg zwischen uns zu beenden. Einen, der kein unnötiges Blutvergießen nach sich zieht.

Ich bewege mich an Manu vorbei, um den Thronsaal zu betreten. Der Raum ist voll von Beratern und anderen Amtsträgern und obwohl hier etwas weniger Chaos herrscht, liegt ein unruhiges Summen in der Luft. Mein Vater und die Königin sitzen auf ihren Thronen. Sie nicken uns zu, als wir uns nähern.

„Meine Söhne", sagt mein Vater. Er sieht müde aus und seine Krone sitzt schief. Drachen haben eine hohe Lebenserwartung, aber mein Vater hat schon viele Jahre hinter sich. Jetzt bemerke ich zum ersten Mal, dass die Zeit ihren Tribut gezollt hat.

Neben ihm wirkt Königin Ariadne jung und schön wie immer. Auch ihr Gesicht ist besorgt in Falten gelegt. Es ist schwer, ihre varghalischen Gesichtszüge zu ignorieren und ihr nicht die Schuld an der drohenden Gefahr zu geben.

Sie ist nicht blutrünstig. Sie hat ein gutes Herz und ich bin sicher, dass sie all das nicht erwartet hat. Ebenso wenig wie mein Vater.

Sie wischt sich die Augen trocken. Ich kann sehen, dass die Königin geweint hat.

Die Liebe lässt Menschen verrückte Dinge tun und jetzt sitzen wir dank ihr ganz schön in der Scheiße.

„Vater", sage ich und überlege mir krampfhaft, was ich sagen muss, damit er auf mich hört. Ich kann nicht zulassen, dass unser Volk seinetwegen abgeschlachtet wird. Wir brauchen mehr Zeit, um uns etwas anderes auszudenken.

Ich atme tief ein, aber er bedeutet mir mit einer Handbewegung, aufzuhören.

„Meine Söhne", sagt er. „Ich habe gerade mit Raark gesprochen, dem Kriegskommandanten der Varghalier. Ich habe seine Kriegserklärung angenommen."

Ach du Scheiße.

Die Botschaft fühlt sich an wie ein Schlag in die Magengrube. Der ganze Raum verstummt und ich tausche einen kurzen Blick mit Manu aus. Sein Gesicht ist ausdruckslos und ich kann nicht sagen, was er denkt.

„Vater, wir können nicht –", protestiere ich.

„Das ist meine Entscheidung."

Mein Kiefer verspannt sich und die Muskeln in meinem Nacken ziehen sich zusammen. Das ist absolut lächerlich. Ich öffne den Mund, um zu sprechen, werde aber wieder von meinem Vater unterbrochen.

„Aber Raark und ich haben eine Vereinbarung getroffen. Es wird ein Kampf Mann gegen Mann sein, nur zwischen uns beiden. Niemand sonst wird verletzt."

Nahkampf? Meine letzte Hoffnung schwindet dahin. Mein Vater war einst ein ausgezeichneter Krieger, aber in seinem jetzigen Zustand ist er einem blutrünstigen Varghalier nicht gewachsen.

Er erhebt sich von seinem Thron. „Diese Schlacht wird diesen Krieg zwischen uns beenden. Es wird ein Kampf auf Leben und Tod sein."

Und das war es dann mit meiner Hoffnung.

Der Tod meines Vaters steht unmittelbar bevor.

KAPITEL EINUNDZWANZIG

KAT

„Sieh mich nicht so an", sage ich zu Piper.

Sie lacht nur und stopft sich ein weiteres Stückchen Gebäck in den Mund. Wir haben Krümel von dem Frühstück, das uns Rorvar gebracht hat, auf meinem ganzen Bett verteilt und es war schön, den ganzen Morgen hier zusammen abzuhängen.

Nur, dass Piper mich für verrückt hält, weil ich Danax' Bett mitten in der Nacht verlassen habe.

„Er ist wirklich heiß", sagt sie und rückt ihren wirklich niedlichen roten Einteiler zurecht. „Da hättest du heute Morgen neben seinem sexy Körper aufwachen und ein Schäferstündchen mit ihm haben können. Und stattdessen hängst du mit mir rum."

„Aber ich hänge gern mit dir rum."

„Mhm, genau."

„Wirklich, das tue ich."

„Genauso gerne, wie du Danax blaue Eier verpasst?"

Ich kichere und ziehe mir fast Kaffee durch die Nase hoch. „Er hat immer blaue Eier, Piper!"

Sie rollt mit den Augen und grinst.

Piper ist neben Mira eine der wenigen Frauen, die ich seit langer Zeit als Freundin bezeichnet habe. Ich weiß nicht, wie ich ihr sagen soll, dass ich abreise – ich bin schon früh heute Morgen zu Kapitän Kajmak gegangen und er hat mir einen Platz auf seinem Raumschiff zugesichert, das morgen abfliegt.

Ich erwäge, es ihr jetzt zu sagen, aber ich bin so schrecklich darin, Abschied zu nehmen. Vielleicht später. Ich weiß nicht, wann, aber ... später sage ich es ihr.

„Danke, dass du Zeit mit mir verbringst, auch wenn ich kein heißer blauer Alien bin." Ein wehmütiger Ausdruck wandert über Pipers Gesicht. „Du hast so großes Glück. Ich habe gerade eine kleine Durststrecke in der Männerabteilung."

Wenn ich an Danax denke, zieht sich mein Magen zusammen. Egal, wie sehr ich ihn genossen habe, es ändert nichts an der Situation.

Ich kann nicht bleiben.

„Nun, du wirst wahrscheinlich bald von jemandem gedeckt, meinst du nicht?", frage ich und lenke das Thema von mir ab. „Und außerdem absolvierst du gerade das Freudentraining. Darfst du an einem echten Exemplar üben?" Ich wackle mit den Augenbrauen.

Piper rollt mit den Augen. „Schön wärs!" Sie springt vom Bett, um ein Buch zu holen, das sie mitgebracht hat. „Die Hausaufgabe von gestern Abend war es, den Abschnitt über erogene Zonen zu lesen, und heute diskutieren wir darüber."

Ich schnappe mir das Buch und blättere es durch, wobei ich dem Drang widerstehe, mich kaputtzulachen. Über erogene Zonen zu sprechen scheint nicht sehr aufregend zu sein.

„Begleitest du mich heute wieder zum Unterricht? Vielleicht fällt uns zusammen irgendein Spaß ein." Ihre Augen funkeln schelmisch. Eine Vision, wie wir die Lendenschurz-Typen aufgeilen, schleicht sich in meinen Kopf und die Vorstellung ist verlockend. Sehr verlockend.

„Ähm ... Ich würde ja gerne, aber ..." Wie soll ich es ihr sagen? Dass ich noch packen muss, aber dass ich sie vermissen werde? Ich kaue auf meiner Unterlippe und fühle mich bei der Freundschaftssache so gar nicht in meinem Element.

„Oh, ich verstehe. Du hast deine Meinung über Mister Schwanz-guck-in-die-Luft geändert und besuchst ihn später noch?" Sie zwinkert und natürlich weiß ich, dass sie sich auf Danax bezieht. „Du bist eindeutig in ihn verknallt."

„Nein, bin ich nicht!" Die Worte sprudeln so schnell aus mir heraus, dass ich selbst überrascht bin.

Sie beäugt mich neugierig. „Und wenn doch, wäre das so schlimm?"

Ja, das wäre es. Ich spüre einen Stich in meinem Herzen. Danax sucht eine Gefährtin. Jemanden, der für immer mit ihm zusammenbleibt, mit dem er eine Familie gründen kann. Danax' Herz ist treu und er hat all das verdient.

In der Vergangenheit – vor langer, langer Zeit – hatte ich einmal darüber nachgedacht, eine Familie zu gründen. Aber mein Weg hat mich weit von dort weggeführt.

Es ist besser für mich, jetzt zu gehen, als zu bleiben und Danax herausfinden zu lassen, dass ich nicht die Person bin, für die er mich hält. Ich bin mir nicht sicher, ob ich ihn glücklich machen kann. Ich weiß nichts darüber, jemandes Gefährtin zu sein. Oder Kinder zu kriegen. Oder sesshaft zu werden.

Lieber gehe ich, als mit gebrochenem Herzen verlassen zu werden.

Ein Klopfen an der Tür reißt mich aus meinen Gedanken.

Ich stehe auf, um sie zu öffnen, aber Danax kommt bereits herein, eilt auf mich zu und hebt mich in seine Arme.

„Es tut mir leid, dass ich nicht früher kommen konnte", sagt er und küsst mich. „Ihr beide müsst solche Angst gehabt haben bei all dem Chaos, das vor sich geht."

„Chaos?" Piper starrt ihn an und auch ich bin verwirrt. Wir waren den ganzen Morgen hier, haben uns entspannt und zusammen gefrühstückt.

„Die Varghalier haben uns den Krieg erklärt", erklärt Danax, „aber wir haben alles unter Kontrolle. Alle sind in Sicherheit." Er zieht mich wieder an sich und es fühlt sich gut an, ihm so nahe zu sein.

„Ähm … Ich mache mich dann mal auf den Weg", sagt Piper und schnappt sich ihr Buch. Und zwar gerade rechtzeitig, denn Danax ist nicht hier, um mit mir über seine Kampfstrategie zu sprechen. Er hat etwas ganz anderes im Sinn.

KAPITEL ZWEIUNDZWANZIG

KAT

*D*anax küsst mich, als hinge sein Leben davon ab. Seine Zunge streicht über meine, seine Hände verheddern sich in meinem Haar und sein großer, wilder Körper drückt sich an mich. Hitze macht sich zwischen uns breit.

Er fühlt sich gut an. Oh, so gut.

Ich bin mir nicht sicher, was ihn dazu gebracht hat, in mein Zimmer zu platzen und mich wie ein Barbar zu nehmen, aber ich beschwere mich nicht. Ich will ihn und er will mich.

Ich schlinge erst meine Arme um seinen Hals und dann meine Beine um seine Taille. Seine starken Hände packen mich am Arsch. Unsere Zungen kämpfen um die Kontrolle.

Es ist kein großes Geben und Nehmen. Wir nehmen uns beide einfach das, was wir wollen. Ich kippe meine Hüften nach vorne und reibe meinen Schritt an der riesigen Beule in seiner Hose, während unsere Küsse immer verzweifelter werden.

„Ich bin aufgewacht und … du warst weg", knurrt er, als wir nach Luft schnappen.

Er fragt nicht warum und ich bin froh darüber. Ich stöhne

vergnügt auf und hoffe, dass er es nicht wieder zur Sprache bringt.

Ja, ich bin gegangen. Und ich werde es wieder tun, sobald mein Raumschiff bereit ist, mich mitzunehmen.

Ich verdränge diesen Gedanken aus meinem Kopf, während wir uns weiter küssen und unsere Zungen einen begierigen Tanz miteinander tanzen. Ich kann wirklich nicht genug von ihm kriegen und ein Teil von mir wünscht sich, ich hätte seine Gemächer nie verlassen. Wir hätten das den ganzen Morgen tun können.

Danax stöhnt und ich höre das Verlangen in seiner Stimme. Er trägt mich zum Bett und lässt mich darauf fallen. Wir beginnen, uns hektisch gegenseitig die Kleider vom Leib zu reißen.

„Danax, ich brauche dich. Sofort!" Gott, ich bin so verdammt geil und ich weiß nicht, wie lange ich das noch aushalte.

Aber Schuld und Reue durchströmen mich zusammen mit meiner Lust. Ich sollte das zwischen uns sofort beenden, jetzt gleich. Ich habe Gefühle für ihn, die habe ich tatsächlich, und ihm das Hirn rauszuficken macht die Sache nur noch schlimmer.

Er schwebt über mir, splitternackt, und ich bewundere seinen schönen, stählernen Körper. Aber es sind nicht nur seine Muskeln, es ist auch die Art, wie er mich ansieht.

Als wäre ich seine ganze Welt.

Er stößt sich in mich und ich werfe meinen Kopf mit einem Stöhnen zurück. Das ist fantastisch, … wirklich verdammt fantastisch …

Aber ich kann es nicht.

„Es, … es tut mir leid." Ich stoße ihn von mir. „Wir müssen aufhören! Ich, … ich muss weg. Mit dem nächsten Schiff."

Er starrt mich verwirrt an. „Weg? Warum?"

„Weil ich hier nicht bleiben kann. Ich habe dir schon gesagt, … diese Gefährtinnen-Sache ist nichts für mich."

Schmerz flackert in seinen Augen auf, obwohl sein Gesicht gefasst bleibt. Das ist für ihn genauso schwer wie für mich. Aber er bedeutet mir etwas und er verdient mehr als das, was ich ihm bieten kann.

„Du kannst nicht gehen." Seine Stimme ist gebieterisch und rau. „Ich liebe dich, Kat."

Wow. Er hat es gesagt. Er hat es tatsächlich gesagt.

Aber meine Mutter hat mir auch gesagt, dass sie mich liebt, und dann ist sie einfach so aus meinem Leben verschwunden.

Ich habe keine Ahnung, wie ich auf diese drei kleinen Worte reagieren soll, also rede ich einfach weiter. „Doch, das kann ich. Kapitän Kajmak sagte, sein Schiff fliegt morgen ab, und ich werde an Bord sein."

Danax' Kiefer spannt sich noch weiter an und er kann seine Dominanz und Kontrollwut nicht verbergen. „Nein. Das werde ich nicht zulassen. Kapitän Kajmak wird dich nicht auf sein Schiff bringen."

Verärgerung keimt in mir auf. „Ich glaube, du hast vielleicht vergessen, dass ich tun und lassen kann, was ich will. Ich bin *nicht* deine Gefährtin."

Ich habe Danax noch nie wütender gesehen. Aber ich bin selber ziemlich genervt und langsam ist es mir egal. Ich gehöre ihm nicht und er kann mir nicht sagen, was ich tun und lassen soll.

„Wir befinden uns im Krieg", sagt er. „Varghalische Aufklärer sind bereits auf unserem Radar gesichtet worden. Der Schild ist aktiviert, sodass unsere eigenen Schiffe zwar starten, aber nicht mehr zurückkehren können. Ich kann dir versprechen, dass Kapitän Kajmak seine Meinung über die

Reise geändert hat – es sei denn, er will im Weltraum festsitzen."

Ich bin so wütend, aber meine Weiblichkeit summt immer noch wie wild, während ich ihn anfunkle. Ein Sturm von Emotionen tobt in meinem Inneren. Danax hat recht – im Moment wäre es gefährlich, den Planeten zu verlassen, und offensichtlich habe ich somit tatsächlich keine Mitfahrgelegenheit. Aber ich kann nicht länger hier auf Xanthara bleiben, nicht jetzt, da ich Gefühle für ihn entwickelt habe.

Meine harten Nippel schmerzen. Ich bin so frustriert und dann legt sich in meinem Kopf ein Schalter um.

Ich stoße Danax auf das Bett und setze mich auf ihn. Er reißt überrascht die Augen auf und stöhnt, als ich mich auf ihn senke.

Gott, er ist riesig!

Die Rillen seiner Adern reiben sich köstlich an mir und sobald ich mich etwas mehr an seinen Umfang gewöhnt habe, beginne ich, auf ihm zu reiten.

Wild.

Ich nehme mir, was mir gefällt.

Heiß, wild und ohne Rücksicht.

KAPITEL DREIUNDZWANZIG

DANAX

*K*at reitet mich, als würde sie Vergeltung suchen. Sie gleitet an meinem Schwanz hoch und nieder, ihre wunderschönen Brüste wippen im Takt und ihre Mähne legt sich um ihre Schultern. Sie ist so eng und so feucht. Sie bewegt sich noch schneller. Ich stöhne auf und packe ihre Hüften.

Als ich ihren Augen begegne, sind sie voller Trotz. Und Lust. Ich erkenne noch etwas anderes darin, etwas, das ich nicht genau benennen kann.

Ich dachte, ich bedeute Kat etwas, aber vielleicht war ich blind. Ich war so in meinen Gefühlen für sie gefangen, dass ich nie erwartet hätte, dass sie mich verlassen würde.

Habe ich das wirklich übersehen?

„Ich will dich hier haben", knurre ich und meine Stimme wird heiser vor Verlangen nach ihr. Ihre Muschi dehnt sich um meinen Schwanz. „Bei mir."

„Du weißt, dass ich nicht bleiben kann", keucht sie.

Aber das muss sie. Wieso kann sie das nicht verstehen?

„Was soll ich denn deiner Meinung nach hier tun?", fährt sie fort. „Auf die Kinder aufpassen und Mama spielen? Einen

Garten anlegen? Um Himmels willen. Seit ich fünfzehn bin, kämpfe ich gegen Monster und schwinge meine Schwerter. Ich kann nichts anderes."

Ich sage nichts, während ich nach ihren Brüsten greife und ihr ein Keuchen entlocke. Ich kneife ihre Brustwarzen und rolle sie zwischen meinen Daumen und Zeigefinger, während ihre Wärme mich weiterhin umgibt. Natürlich will ich, dass sie glücklich ist – sie bedeutet mir alles. Ich möchte das mit ihr jeden Tag für den Rest meines Lebens tun.

„Ich möchte, dass du tust, was immer du willst", sage ich schließlich. Meine Eier verkrampfen sich und ich kann nicht mehr klar denken.

„Aber du meinst damit keine Kämpfe, kein Training und all die andere Dinge, die ich gerne tue. Das suchst du doch in einer Gefährtin gar nicht. Du sagst, du willst mich beschützen, aber hier geht es nur darum, dass du die Kontrolle hast."

Wie soll ich ihr antworten? Ich tue nur, was ich für richtig halte. Die Gedanken und Gefühle überschlagen sich in mir, aber sie sind verschwommen, gedämpft durch mein tiefliegendes Bedürfnis, sie zu nehmen. Die Bestie in mir zerrt an ihren Fesseln und ich packe sie wieder an den Hüften und unterbreche ihren Rhythmus, um zu meinem eigenen überzugehen.

Sie sieht mich böse an, aber das Vergnügen reißt sie mit.

Wir kämpfen beide um die Oberhand und meiner Meinung nach kann keiner von uns beiden gewinnen.

Ich hebe sie von meinem Schwanz und drehe sie schnell auf alle viere. Sie protestiert quietschend, aber schon bald drückt sie ihren Rücken durch und schiebt ihren Arsch in meine Richtung. Ich stürze mich wieder in sie hinein, während ihr Stöhnen den Raum erfüllt.

Der Klang davon ist wunderschön.

Ihre glatte Hitze umgibt mich, während ihre Säfte

weiterhin meinen Schwanz einreiben. Ich greife nach vorne zwischen ihre Beine, um ihre Klitoris zu reiben, und in wenigen Augenblicken krampft sie und ihre Muskeln zucken um meinen Schwanz.

Das ist alles, was ich brauche, um die Kontrolle zu verlieren.

Ich stoße noch einmal zu … und noch einmal …

Und dann komme ich in ihr. Mein Brüllen hallt durch den ganzen Raum.

Kat ist meine Gefährtin. Sie bedeutet absolut alles für mich. Sie ist wild und unkontrollierbar und ich weiß nicht, ob ich sie jemals werde zähmen können, aber wir sind füreinander bestimmt.

Kat lässt sich auf den Bauch fallen und dreht sich zu mir um. Ich kann ihren Blick nicht deuten – er ist eine Mischung aus allem, was Kat ausmacht, und dem, was ich an ihr zu lieben gelernt habe. Trotz, Stärke, Unverschämtheit … und all die anderen Eigenschaften, die ich schon an ihr gesehen habe und noch nicht einordnen kann. Auch eine gewisse Traurigkeit liegt in ihrem Blick. Ihr Gesicht ist errötet, ihre Haut ist rosig und ihr Haar hat diesen Frisch-gefickt-Look, von dem ich wohl nie genug bekommen werde.

Gott, ich kann nur hoffen. Ich bin mir nicht sicher, ob dies der beste Zeitpunkt ist, ihr zu sagen, dass ich beschlossen habe, den Platz meines Vaters im Kampf gegen den Kriegskommandanten einzunehmen.

Mein Vater ist zu alt und ich kann nicht zulassen, dass er mit einem Varghalier bis zum Tod kämpft. Ich bin der beste Krieger, den mein Volk hat, und ich werde an seine Stelle treten.

Und wenn ich den Kriegskommandanten besiegt habe, komme ich nach Hause zu Kat.

KAPITEL VIERUNDZWANZIG

KAT

*E*intausend Einheiten übertragen." Ich schließe die „ Transaktion an meinem Tele-Armband ab und werfe dem Bruul einen demonstrativen Blick zu. „Die andere Hälfte bekommst du, wenn ich sicher zurück auf der Neuen Erde bin."

Der riesige silberne Außerirdische nickt und seine scharfen Hörner glitzern selbst in der schummrigen Beleuchtung der Grube. „Wir brechen heute Nacht auf", sagt er in intergalaktischem Standard. „In zwei Stunden. Sei bereit." Er richtet seine Aufmerksamkeit auf sein Getränk und runzelt bestürzt die Stirn, als seine Reißzähne ein paar Mal gegen das Glas schlagen. Endlich hat er den Dreh raus und saugt mit den Lippen seinen mädchenhaften rosa Cocktail auf.

Es war vermutlich ein richtig mieser Deal, dem Bruul so viel zu zahlen, aber er ist der Einzige, den ich finden konnte, der bereit ist, mich zurück auf die Neue Erde zu bringen. Die einzige andere Möglichkeit, die ich habe, ist, ein Raumschiff zu stehlen, und das macht sich wahnsinnig schlecht im Lebenslauf eines Söldners. Diese spezielle Lektion habe ich auf die harte Tour gelernt.

Ich kippe mir meinen *Rakija* hinunter und der Schnaps brennt sich seinen Weg über meinen Hals in meinen Magen. Kein Wunder, dass er als der Farbverdünner des Kosmos bezeichnet wird.

Aber das stört mich überhaupt nicht. Ich begrüße den Schmerz zusammen mit all dem Lärm und der Hektik in der Bar. Die Gäste heute Abend sind hauptsächlich Xantharianer, dann noch ein paar Bruuls und ein paar anderen Arten, die ich nicht kenne. Aber zum Glück keine schleimigen Zyloiden. Die Musik ist laut, die Kundschaft ungehobelt und es gibt reichlich *Rakija*.

Die perfekte Mischung, um meine anderen Gedanken zu ertränken.

Die an Danax. Die, die sich darum kreisen, dass ich gehe, ohne mich zu verabschieden. Mein Brustkorb verkrampft sich, aber ich atme durch die Enge hindurch und gebe mein Bestes, gelassen zu bleiben.

Ich habe nicht wirklich eine Wahl. Auch wenn ich nicht leugnen kann, dass ich mich in ihn verliebt habe, kann ich die Tatsachen nicht ignorieren. Danax und ich haben keine Chance. Wir sind beide dickköpfig und stur und wir würden uns ständig die Köpfe einschlagen.

Und was ist damit, was wir beide wollen? Danax nie wiederzusehen lässt meinen Brustkorb sich noch enger zusammenziehen, aber der Gedanke, sesshaft zu werden, macht mir noch viel mehr Angst. Jemandem nahe zu sein und all die Emotionen anzunehmen, die damit verbunden sind, ist furchteinflößend.

Mein pochendes Herz droht mir aus der Brust zu springen.

Nein. Ich kann das nicht. Tränen schießen mir in die Augen und ich blinzle überrascht und verärgert.

„Na, auf der Flucht?", fragt ein kleiner grüner Außerirdischer, der links von mir sitzt. „Ich konnte nicht umhin, euer Gespräch mitanzuhören. Du bezahlst den Kerl, damit er dich von diesem Planeten wegbringt."

Mein erster Drang ist, dem kleinen Kerl zu sagen, wohin er sich seine Fragen stecken soll, aber dann zucke ich nur mit den Achseln. „Nein. Nun, ja, ich verschwinde von diesem Planeten, aber ich laufe nicht weg."

„Was bringt dich nach Xanthara? Übrigens, ich bin Sluurg."

„Ähm … Söldnergeschäfte." Ich will das jetzt nicht alles erklären. *Ich wurde mit der Gefährtin eines blauen Außerirdischen verwechselt, dann haben wir es wild getrieben und jetzt mache ich einen Abgang. Oh, und habe ich schon erwähnt, dass ich irgendwie in ihn verknallt bin?*

Sluurg hebt eine Augenbraue oder zumindest etwas, das wie eine Augenbraue aussieht.

Ich seufze. Mein Blick wandert auf die Tanzfläche, wo sich ein ganzer Haufen Außerirdischer rhythmisch bewegt. Einer der Bruuls zieht eine zierliche, wie ein Rabe gefiederte Außerirdische an sich – sie ist eine Vertreterin einer Gattung mit Haut wie Ebenholz und einem Stachelschwanz – und sie schwingen auf seltsame Art und Weise das Tanzbein. Sie sind total niedlich und ich kann mir einen Anflug von Traurigkeit nicht verkneifen.

Würde Danax jemals mit mir tanzen wollen? Ich wette, er wäre starr und fordernd und würde mir vielleicht sogar die ganze Zeit auf die Füße treten, aber es würde mir nichts ausmachen.

Uff. Ich löse meinen Blick von den beiden und starre auf mein leeres Glas. Aus den Augenwinkeln sehe ich, wie mein neuer außerirdischer Freund den Barkeeper, einen großen, mürrischen Xantharianer, herüberwinkt. Eine Sekunde später steht ein weiteres Getränk vor mir, dasselbe rosa Gesöff, das der Bruul trinkt.

„Danke", sage ich.

„Du wirkst, als könntest du es brauchen."

Ich nicke, während ich an dem süßen Getränk nippe. Ich weiß, dass ich die beste Entscheidung treffe. Dann steht es Danax frei, jemand Neuen zu finden – die perfekte Gefährtin und die perfekte Mutter für seine Kinder. Eine Partnerin, die sich um all seine Bedürfnisse kümmert und ihn so liebt, wie er es verdient.

Liebe. Das Wort versetzt mich für eine Sekunde in Erstaunen. Es liegt mir auf der Zunge und ich experimentiere ein wenig mit seinem Geschmack und seiner Textur. Es fühlt sich anders an und neu und … irgendwie tröstlich. Autsch. Das Thema lasse ich besser.

Bald kann ich wieder mein Ding machen, zurück auf die Neue Erde reisen und meinen Vertrag erfüllen. Danach werde ich ein neues Abenteuer finden. Einen neuen Auftrag.

Auf diese Weise sind wir beide besser dran. Die ganze Sache wie ein Pflaster abzureißen, ist meine beste Chance. Ein Abschied macht es für alle nur noch schwerer und wenn ich schon auf der anderen Seite der Galaxie bin, bis er erfährt, dass ich weg bin, ist das auch das Beste.

Hmm. Vielleicht habe ich sogar noch eine Affäre mit einem anderen heißen Alien.

Ja! Das ist genau das, was ich brauche, um meine Stimmung zu heben. Ich wippe meinen Kopf im Takt und versuche, in Feierlaune zu kommen. Aber egal, wie sehr ich mich bemühe, ich spüre einfach keinen Groove.

„Du bleibst also nicht, um dir das Duell morgen anzusehen?", fragt Sluurg.

Dass er sich darauf freut, merke ich daran, dass seine

kleinen Beinchen – die zu kurz sind, um die Sprosse unter dem Hocker zu erreichen – wild hin und her zappeln.

„Nein", sage ich. „Ich glaube, ich habe genug von den Xantharianern. *Wirklich* genug, wenn du verstehst, was ich meine."

Der grüne Außerirdische blinzelt mich sprachlos an.

„Außerdem glaube ich, dass es ein Gemetzel werden wird", fahre ich fort. „Ich habe den König gesehen. Er ist kein junger Hüpfer mehr und ich glaube nicht, dass er gegen Raark gewinnen könnte."

„Der König? Oh, nein", sagt Sluurg.

„Doch, sicher. Der König und der rote Außerirdische duellieren sich morgen."

„Dann hast du es noch nicht gehört?"

„Was gehört? Spuck es aus, Sluurg."

„Prinz Danax, der eigene Sohn des Königs, hat beschlossen, anstelle des Königs zu kämpfen." Sluurg nickt eifrig mit dem Kopf. „Er wird das Duell austragen. Es wird höchst spannend werden!"

Die Zeit steht plötzlich still. „Danax?", wiederhole ich seinen Namen wie ein blöder Papagei.

„Ja … Kennst du ihn?" Mein neuer Freund schaut mich neugierig an. „Er soll der beste Kämpfer auf dem ganzen Planeten sein."

„Ähm, … sozusagen …" Meine Worte verstummen, als mir ganz flau in der Magengrube wird. Mein Atem bleibt mir in der Kehle stecken.

Danax.

Ach du verdammte Scheiße.

Er liefert sich ein Duell auf Leben und Tod.

KAPITEL FÜNFUNDZWANZIG

DANAX

Sosehr ich Shallor auch bewundere, bin ich nicht begeistert, als ich ihn am Rande des königlichen Übungsareals stehen sehe. Ein Besuch von Shallor bedeutet in der Regel, dass sich ein langweiliges Gespräch anbahnt oder dass es schlechte Nachrichten gibt.

Ich wische mir das Gesicht mit einem Handtuch ab, noch verschwitzt vom Training.

„Die Varghalier sind hier", sagt mein Berater mit gezeichnetem Gesicht. „Sie warten außerhalb des Deflektorschildes und erbitten Einreise in den Luftraum von Xanthara."

„Jetzt schon?" Verärgert ziehen sich meine Augenbrauen zusammen. Es ist erst früher Abend. „Sie sollten erst morgen Früh ankommen."

Shallor sagt nichts und ich weiß, dass er das Gleiche denkt: Die Varghalier scheren sich nicht viel um Regeln.

Ich kehre schnell in den Palast zurück und innerhalb weniger Minuten bin ich von anderen Beratern und dem Sicherheitsteam des Palastes umgeben. Sie streiten untereinander über die beste Vorgehensweise und ihre Stimmen übertönen meine Gedanken.

Beklemmung und Müdigkeit überkommen mich. Ich habe den ganzen Nachmittag trainiert, damit ich in der Nacht vor dem Kampf gut schlafen kann. Aber auch ein Gefühl des Stolzes erfüllt mich.

Ich bin einer von Xantharas besten Kriegern und ich werde Raark den Kampf seines Lebens liefern.

„Nur ein Schiff?", frage ich.

„Ja", sagt Shallor.

Ich nicke. Zumindest an den Teil der Vereinbarung halten sich die Varghalier. Nur ein Schiff darf einlaufen. Und wenn Raark ein ehrwürdiger Mann ist – und da bin ich mir nicht sicher, aber wir können nur hoffen –, dann wird das Duell nur zwischen uns beiden ausgetragen. Keine anderen Kämpfe, egal was passiert.

Ich sehe keine andere Möglichkeit, diese Kluft zwischen unseren Spezies zu überwinden.

„Gewährt ihnen Einlass", sage ich laut über all das unaufhörliche Geschwätz um mich herum hinweg.

„Aber –", protestiert Shallor.

„Ich werde jetzt gegen den Kriegskommandanten kämpfen."

Vielleicht bin ich nicht so ausgeruht, wie ich es sein sollte, aber ich will einfach, dass es vorbei ist. Das Adrenalin pumpt bereits durch meine Adern und ich weiß, dass ich bereit bin.

„Wir sollten sie warten lassen und den Schild erst morgen Früh herunterfahren", sagt ein anderer Berater und um mich herum nicken Köpfe. Ihr Konsens ist offensichtlich, aber die roten Außerirdischen sind jetzt hier und ich würde heute Nacht kein Auge zu tun, wissend, dass der Feind vor den Toren steht.

„Gewährt ihnen Einlass", sage ich mit Nachdruck. „Die Schlacht findet auf dem Trainingsareal statt."

Shallor reißt besorgt die Augen auf. „Mein Prinz! Zuerst müssen wir uns mit dem König beraten und –"

Mein Blick bringt ihn zum Schweigen. Der König hat uns in diesen Schlamassel hineingeritten und es ist meine Aufgabe, uns da wieder herauszuholen.

„Ich muss Kat finden." Ich ignoriere die besorgten Gesichtsausdrücke aller und drehe mich im Stand um, um den Korridor hinunterzuschreiten.

Was auch immer passiert, ich muss sie noch einmal sehen, bevor ich auf Raark treffe. Sie halten und ihre Lippen küssen. Ihr sagen, wie sehr ich sie liebe.

Aber sie ist nicht in ihrem Zimmer und Rorvar weiß nicht, wohin sie gegangen ist. Ich funke Shallor an, aber auch er kann sie nirgendwo finden.

Wo ist sie? Vielleicht ist sie in den Gärten oder bei einer ihrer Freundinnen oder …

Oder weg. Ein ungutes Gefühl breitet sich in meinem Bauch aus. Habe ich sie doch noch vertrieben?

Verdammt, ich weiß es nicht. Und ich kann jetzt nicht darüber nachdenken.

Nachdem ich Shallor beauftragt habe, den gesamten Palast nach ihr abzusuchen, gehe ich in meine Gemächer.

Mein Ziel ist der Sieg, aber ein Krieger muss auf alles vorbereitet sein. Wenn die Dinge zwischen mir und Raark nicht gut laufen und ich sie nie wiedersehe …

Nein. Scheiß drauf.

Ich *werde* sie wiedersehen, nachdem ich diesen Kampf gewonnen habe.

Ich ziehe mir einen einfachen weißen Lendenschurz an, ein Kleidungsstück, das leicht nachgibt, wenn ich mich verwandle. Raark und ich kämpfen in unseren Tiergestalten, daher ist keine Kleidung notwendig.

Unsere Zähne, Flammen und Klauen sind die einzigen Waffen, die wir einsetzen werden.

Ich atme tief ein und schaue zur Tür, als sich meine Muskeln erwartungsvoll anspannen.

Teufel, hier komme ich.

KAPITEL SECHSUNDZWANZIG

KAT

„Hey, geht das auch etwas schneller?", frage ich. Die Dringlichkeit in meiner Stimme ist unverkennbar.

Das Schwebetaxi antwortet mit einem Piepton. Es saust durch die Stadt und wird nun tatsächlich etwas schneller, aber es fährt immer noch nicht schnell genug.

Ich muss sofort zum Palast. Ich versuche noch einmal, Danax zu erreichen, aber er antwortet immer noch nicht.

Oh Mann!

Wo ist er? Hat der Kampf gegen Raark bereits begonnen? Ich weiß nicht einmal, ob das Duell im Palast oder außerhalb stattfindet.

Verdammt noch mal, ich weiß ja auch nicht, warum ich überhaupt in diesem Schwebetaxi sitze. Mein Schiff legt in weniger als zwei Stunden ab, aber sobald Sluurg mir alles erzählt hat, sind meine Beine wie von selbst aus der Bar gelaufen. Ich habe mir ein Schwebetaxi gerufen, bevor mein Verstand überhaupt verarbeiten konnte, was los ist.

Es ist dumm von mir, zurückzufahren. Es gibt nichts, was

ich tun kann, um Danax bei diesem Kampf zu unterstützen. Absolut nichts.

Aber mein Herz poltert und mein Blut donnert durch meine Adern. Mein Gehirn will wissen, was zum Teufel ich vorhabe, aber mein Körper macht einfach weiter.

Ich muss Danax sehen. Es ist einfach so.

Andere Schwebewagen umgeben uns, während wir uns dem Palast nähern. Der Stau wird von Minute zu Minute schlimmer und bald kommt der gesamte Verkehr zum Erliegen.

Nein! Scheiß auf diesen Scheißverkehr!

„Ich muss hier raus!"

„Dies ist kein sicherer Ort", verkündet das Taxi. „Wir müssen erst eine sichere Parkposition einnehmen."

„Ernsthaft. Ich muss jetzt sofort aussteigen."

Ich fahre mit den Händen an der Tür entlang, aber ich finde keinen Griff. Verdammtes Taxi! „Okay, lass es mich erklären. Ich muss sofort zum Palast, damit ich –"

Piiiieeeeep!

Seufzend lehne ich mich zurück und trete mit aller Kraft gegen das Fenster. Es entsteht ein kleiner Riss und alle Lichter im Taxi flackern auf. Ich bereite mich auf einen weiteren Tritt vor, als die Tür sich plötzlich öffnet.

Ich springe hinaus in den Verkehr. Die Fahrzeuge stehen Stoßstange an Stoßstange und es ist kaum Platz, um mich zu bewegen. Ich klettere auf eine schwarze Motorhaube und katapultiere mich auf das nächsten Schwebetaxi, hüpfe von Motorhaube zu Motorhaube und ignoriere all das Hupen, bis ich endlich die Turmspitzen des Palastes sehen kann.

Es wimmelt nur so von Sicherheitsleuten und Wesen, die versuchen, hineinzukommen. Zweifellos sind sie für das Duell gekommen.

Scheiße! Die Zeit tickt und ich will sie nicht hier im Stau vergeuden.

Ich tippe auf mein Tele-Armband und einen Moment später erscheint Pipers Hologramm. Sie runzelt die Stirn. „Was machst du da?"

„Ähh … Ich bin wohl in einen Stau geraten." Um Haaresbreite kann ich verhindern, zwischen zwei Autos eingequetscht zu werden, und das Hupkonzert geht weiter. „Ich versuche, in den Palast zu kommen, aber es ist fast unmöglich."

„Alle sind hier, um sich das Duell anzusehen. Warum bist du nicht hier?"

„Ich war in der Grube."

„Du bist *ohne mich* in die Grube gefahren?" Jetzt stützt Piper die Hände auf ihre Hüften und macht ein schmollendes Gesicht.

Verdammt! Das nicht auch noch.

„Tut mir leid. Lange Geschichte."

„Nun, der Kampf geht gleich los. Es dauert keine halbe Stunde mehr. Wir treffen uns an der Hecke."

Ich atme auf und bin erleichtert – noch bin ich nicht zu spät.

Mit einem Satz stürze ich mich von einem Auto auf den Rasen vor dem Palast. Ein paar Minuten später stehe ich vor der Hecke, über die Piper und ich neulich Nacht geklettert sind. Diesmal ist darin allerdings ein menschengroßes Loch zu sehen, das an den Rändern versengt ist und immer noch raucht.

Piper steht auf der anderen Seite, schaut durch und grinst. Sie trägt einen hautengen roten Catsuit und hält einen Minilaser in der Hand.

„Hey, netter Laser. Und tolles Outfit."

„Danke!", strahlt sie und hilft mir beim Durchklettern.

„Wir nehmen eine Abkürzung durch den Palast und dann über den Hinterausgang zum Trainingsareal."

Wir eilen um den Rand des Gartens herum, bis wir zu einem Seiteneingang kommen. Unmengen von Xantharianern schwirren durch die Gegend, aber niemand beachtet uns. Das liegt daran, dass wir eindeutig keine Varghalier sind und somit keine große Gefahr für die Sicherheit des Königreichs darstellen.

Wir reihen uns hinter einer Gruppe von Xantharianern ein, die im Gänsemarsch in den Palast ziehen. Sie sind groß und wuchtig und obwohl sie die übliche Kleidung tragen, kommen sie mir irgendwie komisch vor.

Piper hebt fast unmerklich eine Augenbraue. Sie hat es auch bemerkt.

Trotz ihrer Größe bewegen sie sich hastig und verstohlen. Einer von ihnen dreht sich um und schaut zu uns zurück. Mein Blick trifft den seinen und ich kann fast die heimtückischen Gedanken sehen, die in seinem Kopf herumschwirren.

Warum ist dieser Typ so gruselig? Gefällt ihm Pipers Outfit?

Er wendet sich an seinen Kameraden und jetzt beobachten sie uns zu zweit.

Ich bin versucht, sie beiseitezuschieben, um an ihnen vorbeizuziehen – sie sind schräg und wir haben es eilig –, aber da ist etwas an ihren Gesichtszügen, ihrer Körperhaltung …

Höckernasen. Mandelförmige Augen. Die habe ich schon bei der Königin und bei T'Pring gesehen.

Sie sprechen miteinander und obwohl ich kein Xantharianisch verstehe, habe ich es mir oft genug angehört, um zu wissen, dass sie eine andere Sprache sprechen.

Scheiße! Die Außerirdischen vor uns müssen verkleidete Varghalier sein, die biosynthetische Tarnanzüge tragen.

Und plötzlich bricht um uns herum Chaos aus. Die beiden Möchtegern-Xantharianer stürzen sich auf uns und ihr zweites Armpaar durchbricht ihre Kleider.

„Heeeeyyyyyaaaaaaa!", rufe ich, während ich *Kobra* und *Python* aus ihren Scheiden ziehe. Meine Schwerter zischen fröhlich durch die Luft.

Ich wehre den ersten der Verräter ab, bevor ich Piper einen Blick zuwerfe. Sie hat eine Peitsche in der Hand – wo zum Teufel hat sie dieses knallharte Ding in ihrem Catsuit versteckt? – und sie benutzt sie, um sich den anderen Kerl zu schnappen. Das Leder schlingt sich um seine Knöchel, um ihn von seinen Füßen zu reißen, und zieht ihn quer über den Boden.

Immer mehr getarnte Varghalier machen mit, kommen auf uns zu und sorgen für einen schaurigen Anblick, als ihre Arme aus ihren Verkleidungen platzen.

Tja, verdammte Scheiße. Es sind Unmengen von ihnen und sie kommen immer näher. Meine Schwerter schlagen um sich und Pipers Peitsche knallt laut. Das Grunzen und Stöhnen der Varghalier erfüllt den Flur.

Ich habe gerade einem roten Außerirdischen sauber den Kopf abgeschlagen, als mich jemand von hinten packt.

Ich wirble zu meinem Angreifer herum, aber er ist stark. Außerdem hat er vier Arme – was wirklich ein unfairer Vorteil ist, oder? Er stößt mich gegen die Wand und zwei seiner Hände schließen sich eng um meinen Hals. Eine weitere hält mir eine glühende Energieklinge an die Brust.

„Du bist irgendwie ein Arsch", keuche ich.

Der Varghalier lacht nur.

Ich umschließe die Griffe meiner Schwerter fest mit meinen Händen, bereit, sie Mister Arschgesicht in den Körper zu rammen, als er mir mit seiner vierten Hand einen Schlag verpasst. In den Magen.

Mir bleibt die Luft weg. Ich krümme mich vor Schmerz und meine Schwerter klappern zu Boden. Als ich versuche, einzuatmen, schließt er seine Hände noch fester um meinen Hals.

Ich keuche, kralle mich an ihm fest, aber seine scharfen Nägel graben sich in meine Haut. Er lacht wieder – ein raues, ekelhaftes Gackern – und sein fauliger Atem sticht mir in der Nase.

Oh Gott, ich ersticke. Ich kann wirklich nicht atmen.

Ich winde mich gegen ihn, aber ich bin mir auch der glühenden Klinge bewusst, die bereit ist, sich in meine Brust zu brennen. Eine falsche Bewegung und ich bin erledigt.

Pipers Peitsche knallt laut gegen etwas. Mein varghalischer Gegner brüllt vor Schmerzen auf und sein Griff um meinen Hals lockert sich. Noch ein Knacken und das Brüllen geht weiter – zweifellos verpasst Piper dem Kerl eine ordentliche Tracht Prügel. Die Peitsche legt sich von hinten mehrfach um seinen Hals, verfehlt mich nur um ein paar Zentimeter und zieht sich fest, bis seine Augen hervorquellen.

Schließlich lässt er mich los und seine Klinge fallen, um mit allen vier Händen verzweifelt an der Peitsche zu zerren. Piper steht hinter ihm, die Füße fest auf dem Boden, die Peitsche streng in ihrer Hand. Sie schnippt mit dem Handgelenk, um die Peitsche noch weiter zu straffen, und das Gesicht des Varghaliers beginnt blau anzulaufen.

Luft strömt endlich in meine Lungen. Ich verpasse dem Typen einen kräftigen Tritt in die Eier und grinse Piper an. Wir sind ein verdammt gutes Team. Sie erwidert mein Grinsen mit einem umwerfenden Lächeln und wieder einmal bedaure ich es, dass ich gegangen bin, ohne mich von ihr zu verabschieden. Und von Mira.

Glücklicherweise hat der Aufruhr die Aufmerksamkeit anderer Xantharianer auf sich gezogen. Sie stürmen in den

Flur und reagieren – nach einem Moment der Verwirrung – sofort auf die Situation. Bald haben wir ein größeres Team auf unserer Seite.

Das echte Team Blau, nicht die Biester in ihren falschen Anzügen.

Aus den Augenwinkeln sehe ich zwei der Varghalier einen Korridor hinunterlaufen. Ich weiß nicht, wo sie hinwollen, aber es kann nichts Gutes bedeuten. Ich schnappe mir meine Schwerter und laufe ihnen hinterher. Piper kommt alleine klar und jetzt sind echte Xantharianer hier, um sie zu unterstützen.

Die beiden Varghalier sind schnell für ihre enorme Größe und bauen ihren Vorsprung aus. Sie biegen um eine Ecke und bis ich dort ankomme, sind sie verschwunden.

Vor mir höre ich Aufruhr und Geschrei – weit können sie nicht sein.

Nachdem ich in dem Korridor ein paar Mal abgebogen bin, entdecke ich Leichen. Haufenweise. In meiner Kehle bildet sich ein Klumpen.

Tote Xantharianer, Wachen, deren Haut verkohlt wurde.

Ich laufe weiter, will die feindlichen Aliens nicht verlieren. Bald komme ich an weiteren toten Xantharianern vorbei, die sich haufenweise an den Wänden entlang stapeln. Der Geruch von versengtem Fleisch lässt mich würgen.

Sie tragen alle Lila.

Lila ist die Farbe des Königtums. Ich muss im königlichen Flügel sein und das sind dann wohl die Wachen, die dem König und der Königin zugeteilt sind. Ich folge der Spur von Leichen, laufe noch schneller, bis mein Herz sich anfühlt, als würde es gleich aus meiner Brust springen …

Und dann befinde ich mich in den Gemächern des Königs und der Königin.

Einer der beiden Varghalier hat die Königin fest in seiner

Gewalt. Der andere hält König Aurelian eine glühende Klinge an die Kehle.

„Keine Bewegung!", knurrt der Varghalier in meine Richtung. „Ich werde ihn töten, wenn du auch nur einen Schritt näher kommst."

Königin Ariadne weint, ihr Gesicht ist rot und von Tränen durchtränkt. „Bitte tu ihm nichts!", weint sie. Sie zappelt im Griff des anderen roten Aliens, aber er lässt nicht locker.

Ich halte einen Moment lang inne und beurteile die Situation. „Was macht ihr da?", verlange ich.

Der Varghalier drückt die glühende Spitze seines Schwertes leicht gegen König Aurelians Hals, bis sie zu verkohlen beginnt. „Unsere Befehle ausführen." Er zuckt mit den Achseln. „Den König töten. Die Königin mitnehmen."

Jetzt ist die Königin verzweifelt und ihre Schreie hallen durch die königlichen Gemächer.

„Es gibt ein Arrangement", sage ich, während meine Hände nach *Kobra* und *Python* greifen. Mein Verstand überschlägt sich. „Ein Kampf, Mann gegen Mann. Danax kämpft gegen Raark anstelle des Königs."

Der Varghalier lacht. „Natürlich tut er das. Raark hat diesem Vorschlag zugestimmt, um diesen Krieg zwischen uns zu beenden. Aber er will trotzdem seine Frau zurück. Glaubst du wirklich, er würde ohne sie gehen? Oder dem König, seinem Erzfeind, erlauben zu leben, nachdem er ihm die Liebe seines Lebens gestohlen hat?"

Ich bin entsetzt über diesen Schwachsinn. Diesen völligen Mangel an Ehrgefühl.

„Los, bring die Königin weg von hier", sagt der eine Varghalier. „Ich töte den König."

Die Königin schreit und schlägt mit ihren Armen und Beinen um sich, als sie weggeschleppt wird.

„Ich liebe dich, meine Schönheit", sagt der König.

Das macht alles nur noch schlimmer. Die Königin bricht in einen erneuten Anfall von Hysterie aus.

Ich mache ein paar Schritte vorwärts, aber der Varghalier hat damit gerechnet. Er sieht mich an und versengt noch mehr von der Haut des Königs. Der Geruch von verbranntem Fleisch erfüllt die Luft, was wieder einmal den wunderbaren Würgereflex in mir auslöst.

Dieser Kerl blufft nicht – er hat *wirklich* vor, den König zu töten.

Okay. Schnell denken. Dann wollen wir mal.

Der rote Außerirdische zwingt König Aurelian auf die Knie. „Wie möchtet Ihr heute sterben, Eure Hoheit?", spöttelt er.

Der König sagt nichts und hat sein Schicksal bereits akzeptiert.

Ich greife meine Schwerter noch fester. Ich habe diesen Bewegungsablauf in letzter Zeit nicht geübt und wenn ich auch nur einen Zentimeter danebenliege, könnte alles in einem kompletten Desaster enden.

Scheiß drauf.

Ich schleudere meine Schwerter durch den Raum. Sie schwirren durch die Luft, rotieren, gleißen im Licht der Lampen.

Dann bohren sich die Klingen direkt in die Brust des Varghaliers. *Schmatz, schmatz.* Erst die eine, dann die andere.

Der rote Außerirdische stürzt zu Boden und stolpert dabei über König Aurelian. Das Blut fließt langsam aus seinem Körper, als der König unter ihm herauskriecht.

„Ariadne!", krächzt der König.

Der andere Varghalier scheißt sich schon in die Hose, wahrscheinlich weil er nicht herausfinden will, was ich für ihn auf Lager habe. Er schubst die Königin zur Seite und rennt weg.

Ich lasse ihn entkommen und eile an die Seite des Königs. Königin Ariadne ist bereits bei ihm und wir beide helfen dem König auf die Beine.

Trauer und Bedauern erfüllen die Augen der Königin. „E-es tut mir so leid", wimmert sie, während sie den König umklammert. „Ich wollte nicht, dass das alles passiert. Ich habe ihn einfach vom ersten Moment an geliebt."

„Es ist okay", sage ich sanft.

Die Liebe ist verrückt.

Das ist sie wirklich.

Wenn ich den König und die Königin zusammen sehe, gibt es für mich keinen Zweifel – sie bedeuten einander einfach alles.

„Kommt, wir müssen uns beeilen", sage ich. „Danax wird jeden Moment gegen Raark kämpfen."

Ich muss zu ihm, und zwar sofort. Denn er ist *mein* Ein und Alles.

DANAX

*D*as Gebrüll der Zuschauer ist ohrenbetäubend, als ich das Areal betrete.

Ich gehe langsam, aber zielstrebig, und meine nackten Füße knirschen auf dem Schmutz. Das Adrenalin rast durch meine Blutbahn. Die Zeit scheint für ein paar Momente stillzustehen, während ich meine Augen zum Himmel erhebe.

Ich lasse alles auf mich wirken.

Die Menge.

Den Lärm.

Die tobende Energie, die in jeder einzelnen Zelle meines Körpers pulsiert. Mein innerer Drache will sich befreien, doch ich beiße die Zähne zusammen.

Noch nicht.

Ich senke meinen Blick. Das Trainingsareal wurde in eine Art Arena verwandelt, an deren Rändern Xantharianer und Varghalier sich versammelt haben. Alle sind hier, um zwei Monster kämpfen zu sehen. Zwei Champions, aber nur einer wird der Sieger sein.

Wir müssen diesen unsinnigen Krieg zwischen unseren Spezies beenden.

Ich suche das Meer von Gesichtern ab … Shallor und die anderen Berater … Manu, dessen Gesicht ernst wirkt. Und dann ist da auch noch Brixus. Ich blinzle überrascht. Ich hatte nicht erwartet, meinen ältesten Bruder hier anzutreffen. Ich habe ihn schon ewig nicht mehr gesehen. Aber da steht er und sein langes Haar und sein noch längerer Bart können den wilden, ungezähmten Blick in seinen Augen kaum verbergen.

Brixus nickt und will mich damit ermutigen. Und während ich weiter die Menge absuche – ein Meer von hauptsächlich blauen Xantharianern –, wird mir bewusst, dass sie mich anfeuern.

Gesichter roter Varghalier brüllen und buhen laut, aber das beeindruckt mich nicht. Mein Volk steht hinter mir.

In mir schwellt Stolz für meinen Planeten. Für meine Spezies. Ich werde dieses Duell für uns alle gewinnen.

Es fehlen nur ein paar Gesichter. Das meines Vaters und das von Königin Ariadne …

Und das von Kat.

Mein Blick schweift wieder durch die Arena und ich suche verzweifelt nach ihr. Vielleicht habe ich sie in der wilden, lauten Menge einfach übersehen. Ich suche sie in den Ecken, in jedem Winkel und in jeder Lücke.

Aber so sehr ich mir auch wünsche, dass sie vor meinen Augen auftaucht, es wird nicht passieren. Ich habe ihre Abwesenheit vorhin gespürt und ich spüre sie jetzt auch.

Sie ist nicht hier. Sie ist wirklich weg.

Ein Gefühl des Verlusts erfüllt mich, ein weiterer Tritt in die Magengrube. Ich habe Scheiße gebaut. Und zwar gewaltig. Ich habe die Liebe meines Lebens verloren und ich habe sie enttäuscht – uns beide.

Ich habe sie in eine Blase gepackt, eine Schutzblase, die so dick war, dass sie all die anderen, die ich verloren habe, all die Xantharianer-Weibchen, die ich nicht beschützen konnte, wieder wettmachen würde.

Ich bin stur gewesen. Starrsinnig. Und jetzt hat Kat die Blase platzen lassen – und ich weiß nicht, ob ich sie jemals wiedersehen werde. Ich freue mich nicht auf das Loch in meinem Herzen, von dem ich weiß, dass es noch da sein wird, wenn das alles hier vorbei ist.

Wut auf mich selbst schürt nun mein Feuer und in meiner Brust regt sich ein tiefes Grollen. Mein Drache ist nah an der Oberfläche.

Er tobt und knirscht mit den Zähnen. In meinen Adern brodelt Hitze.

Shallor eilt an meine Seite. „Wir warten immer noch auf die Ankunft des Königs und der Königin", sagt er. Besorgnis liegt in seiner Stimme. „Die königliche Garde sollte sie eskortieren, aber sie sind noch nicht hier. Ich kann keinen von ihnen kontaktieren und habe zusätzliche Wachen geschickt, um herauszufinden, wie lange sie sich verspäten werden."

Ich nicke und balle die Fäuste. Ihre Abwesenheit verheißt nichts Gutes, aber die Menge ist bereit.

Ich bin bereit.

Ein weiteres lautes Brüllen bringt die Arena zum Beben. Raark schlendert in seiner menschlichen Gestalt herein. Seine vier Arme schwingen selbstbewusst beim Gehen und seine Gesichtszüge sind wie versteinert. Seine Lippen verziehen sich zu einem entsetzlichen Grinsen.

Mein Blut poltert mir durch die Adern. Meine Muskeln spannen sich erwartungsvoll an und meine Haut kribbelt. Als meine Sicht für einen Moment verschwimmt, um durch die Klarheit meiner Drachenaugen ersetzt zu werden, weiß ich, dass die Verwandlung begonnen hat.

Mein Drache will Blut.

Ich konnte nicht kontrollieren, was zwischen mir und Kat

passiert ist, aber ich kann ganz sicher steuern, was hier gleich geschehen wird.

Ich werde Raark in Stücke reißen, Glied für Glied, für das, was er den Xantharianern angetan hat. Für all den Schmerz, den er uns zugefügt hat.

Oder vielleicht lasse ich ihn einfach brennen.

Meine Verwandlung geht zügig vonstatten – meine Gliedmaßen verwandeln sich in Flügel, Schuppen und kräftige, muskulöse Beine – und schon bald stehe ich als starkes Tier vor der Menge.

Mein Kampfgebrüll erfüllt die Arena.

Mit einer schnellen Bewegung beginnt auch Raark sich zu verwandeln, wobei sich jeder seiner Arme in übergroße Gliedmaßen verwandelt. Sein grotesker, krebsartiger Körper überragt das Feld. Er kommt langsam und schwerfällig auf mich zu und seine Tentakel, deren Enden wie Kneifzangen aussehen, strecken sich bedrohlich nach mir aus. Ein schnabelartiger Mund öffnet sich und gibt den Blick frei auf Reihen messerscharfer Zähne.

Ich mache mich bereit, schüre bereits das Feuer, das in meiner Brust schwelt, und gehe schnurstracks auf meinen Feind zu.

In mir tobt ein wildes Feuer. Ich schwelge darin und in all der Kraft, die es mir verleiht. Blaue Flammen schießen in einem gleichmäßigen, dichten Strom aus meinem Kiefer und umhüllen Raark vollständig.

Er schreit – ein fürchterlicher, hoher Ton –, während ihn das Feuer umgibt. Seine Tentakel schlagen wild um sich und die Kneifzangen klappern unkontrolliert.

Ich steige hoch in die Luft auf, schwebe über der Arena und betrachte mein Meisterwerk von oben.

Es ist wunderschön.

Er ist groß und ich werde vielleicht noch ein paar

Flammen auf ihn werfen müssen. Meine Flügel pumpen langsam und halten mich hoch oben im Himmel, während ich alles sorgfältig beobachte.

Die Flammen werden langsam schwächer, aber ...

Irgendetwas stimmt da nicht.

Das läuft ganz und gar nicht so, wie es sollte.

Anstatt verkohlt und verbrannt zu sein, ist Raarks Panzer immer noch so rot und glänzend wie zuvor. Ich tauche hinunter, spucke noch mehr Feuer auf den roten Alien, und obwohl die Hitze ungemütlich sein muss und Raark umhereilt, löscht sich auch dieser Brand bald von selbst.

Er sieht völlig unberührt aus.

Das ist mir noch nie zuvor passiert.

Raark lacht, ein tiefes, kratziges Geräusch. Er taumelt vorwärts, sodass der Boden bebt. Obwohl ich weiß, dass es sinnlos ist, richte ich meinen Feuerstrahl erneut auf ihn.

Nichts.

Verdammt.

So einen Panzer wie den, den Raark trägt, habe ich noch nie zuvor gesehen. Ich habe schon gegen viele Gegner mit Panzern gekämpft, aber keiner war in der Lage, der Kraft des Drachenfeuers standzuhalten.

Keiner war völlig resistent dagegen.

Seine Tentakel peitschen um mich herum, um mich zu packen, aber ich ziehe meine Flügel fest an meine Seiten und falle wie ein Stein, bringe mich aus seiner Reichweite. Ich fange meinen Fall ab, bevor ich zu Boden stürze, und fliege um seinen Unterkörper.

Ich suche nach Schwachstellen. Öffnungen. Nach allem, das ihn verletzlich machen könnte.

Aber sein Schutzpanzer verdeckt wirklich alles.

In Windeseile schnelle ich auf sein Gesicht zu und ziele mit meinen Klauen auf seine Augen. Raarks Tentakel sind schnell und einer der Kneifer packt kraftvoll meinen Hinterlauf. Die harte Spitze gräbt sich tief in mein Fleisch.

Ich brülle vor Schmerz. Ich bin gezwungen, den Angriff auf sein Gesicht abzubrechen und ihm stattdessen in seinen Tentakel zu beißen. Alles, was ich fühle, ist die Härte seiner Rüstung. Ein weiterer Kneifer verbeißt sich in meinem Flügel – den, der noch nicht ganz verheilt ist – und ein heißer Schmerz durchzuckt mich.

Ich ringe mit ihm, schlage und reiße, aber es hilft alles nichts. Meine Krallen und Zähne prallen an seinem steinharten, undurchdringbaren Panzer ab.

Ich habe noch nie einen Kampf verloren. Nicht ein einziges Mal.

Aber ich schlage wild um mich, meine Flügel flattern und mein Herz fühlt sich an, als würde es mir aus der Brust springen.

Was zum Teufel ist schiefgelaufen?

Ich darf nicht aufgeben. Nein! Das darf ich nicht.

Raarks Krallen bohren sich in meinen weichen Unterbauch. Reißen. Graben. Schneiden. Der Schmerz durchzuckt mich und ich spüre, wie sich eine Wärme um mein Fleisch legt.

Mein Blut.

Raarks Lachen erfüllt die Arena. Ich drehe und winde mich – und plötzlich falle ich.

Alles geschieht in Zeitlupe. Ich schlage mit meinen Flügeln so fest ich nur kann, aber es kann meinen Fall nicht aufhalten. Ich schaue auf die unzähligen Gesichter hinunter – mein Volk, meine Familie.

Die Gesichtsausdrücke von Manu und Brixus sind grimmig. Aber ... jetzt sehe ich auch meinen Vater und Ariadne. Sie sind gekommen, um mich sterben zu sehen.

Und ...

Kat. Meine wunderschöne Kat ist hier.

Mein Herz stürzt zusammen mit meinem Körper hinab in die Tiefe, als ich sie sehe. Ihr Mund bewegt sich, aber ich habe keine Ahnung, was sie sagt. Der Schmerz in ihrem Gesicht ist zu viel für mich.

Ich schlage mit einem harten Knall auf den Boden auf.

Ich versuche aufzustehen, aber die Welt ist plötzlich ein Wechselspiel aus hell und dunkel. Der Boden bebt. *Klack-klack-klack*. Raark kommt, um mich zu erledigen.

Steh auf.

Steh auf!

Meine Finger krallen sich in den Dreck – in meinem Schmerz habe ich mich wieder in meine Menschengestalt zurückverwandelt. Um mich herum dreht sich alles und mir wird wieder schwarz vor Augen.

Ich liebe dich, Danax. Steh auf!

Kats Stimme ertönt in meinem Kopf und ich frage mich, ob ich schon im Paradies bin.

Ich reiße meine Augen auf. Kat steht an der Seitenlinie und ihr Ausdruck ist eine Mischung aus Zärtlichkeit, Schmerz und reiner Entschlossenheit.

Sie liebt mich.

Und sie ist zurückgekommen.

KAPITEL ACHTUNDZWANZIG

KAT

*D*anax, ich liebe dich und du stehst jetzt besser auf!
Die Worte, die ich vor einer Sekunde gerufen habe, hallen in meinem Kopf wider.

Und ich tue es. Ich liebe ihn. Ihn blutend auf dem Boden liegen zu sehen, zerreißt mein Herz in tausend Stücke.

Er darf nicht sterben. Er …

Darf es einfach nicht.

Mein Herz klopft wie ein Presslufthammer auf Steroiden und ich kann kaum atmen. Jede Sekunde fühlt sich wie eine Ewigkeit an. Das Toben der Menge verebbt zu einem leisen Rauschen, als Raark langsam auf Danax zuschreitet.

„Steh auf!", schreie ich wieder. Ich greife nach meinen Schwertern, bereit, in die Arena zu stürmen und es selbst mit diesem blöden roten Krabbenficker aufzunehmen, aber der König spürt meine Bewegung. Er drückt meinen Arm.

„Das ist nicht dein Kampf", sagt König Aurelian feierlich. „Wenn du da rausgehst, sind alle Regeln nichtig. Der Rest der Varghalier wird angreifen und die Arena wird sich in ein Blutbad verwandeln. Dann sind wir alle in Gefahr."

Ich nicke, aber meine Hände zittern immer noch nahe an

den Griffen meiner Schwerter. Der Gedanke, Danax zu verlieren, ist zu viel für mich. Wie konnte ich jemals denken, dass ich ihn zurücklassen könnte? Selbst wenn mit ihm zusammen zu sein gegen alles verstößt, was mein Gehirn für richtig hält, sagt mir mein Bauchgefühl etwas anderes.

Und jetzt ist er vielleicht für immer verloren.

Seine Augen springen auf und Hoffnung durchströmt mich. Er ist am Leben! „Danax! Du darfst nicht aufgeben!"

Sein Blick konzentriert sich auf mich und er rappelt sich langsam vom Boden auf. Er sieht benommen aus, wie er auf seinen beiden Füßen dasteht und hin und her taumelt.

Mein Herz droht wieder zu brechen – er ist voller Blut.

Seinem eigenen Blut.

Raark steht jetzt fast unmittelbar vor ihm, lässt sich Zeit, schlendert auf ihn zu und genießt die begeisterten Jubelschreie seiner Varghalier. Er sieht, wie Danax aufsteht, und beschleunigt sein Tempo. Er ist so groß, dass Danax aufrecht unter ihm durchmarschieren könnte.

Mein Gehirn rattert wie verrückt. Irgendwo muss Raark doch bestimmt eine Schwachstelle haben.

„Hier! Fang!" Ich werfe Danax *Python* und, als er ihn gefangen hat, auch noch *Kobra* zu.

Raarks Schatten thront über ihm und ich starre entsetzt auf seine riesige Gestalt. Er hebt eines seiner Beine, um Danax zu zertrampeln, und da sehe ich sie.

Eine offene Stelle in der Nähe des Schnittpunktes seiner Bauchplatten. Danax sieht sie auch. Er stößt eines der Schwerter in Raarks weichen roten Unterbauch. Dann das andere. Dann dreht er beide Schwerter und Raark schreit schmerzerfüllt auf.

Raark senkt seinen Kopf, sodass er sich auf einer Höhe mit Danax befindet, sein Schnabelmund nur Zentimeter von seinem Gesicht entfernt. Danax reißt beide Schwerter aus seinem Fleisch.

Nur, um sie im nächsten Moment in Raarks Gehirn zu rammen, eines durch jeden Augapfel.

Raark schwankt, taumelt, bis er plötzlich krachend zu Boden geht. Seine Tentakel schwingen blindwütig durch die Luft. *Klack-klack-klack.*

Aber es ist ein trauriges Klappern und schon bald darauf fallen die Tentakel reglos in den Dreck. Raark zittert ein letztes Mal, dann ist er tot.

Die Xantharianer toben.

Ich blende den Lärm aus, laufe auf das Feld hinaus und werfe mich in Danax' Arme. Er ist etwas wacklig auf den Beinen und verdammt blutig, aber er lebt.

Und ich werde ihn nie wieder verlassen.

„Ich verspreche, dass ich diese Schwerter für dich reinigen werde", murmelt Danax in mein Ohr. „Ich weiß, wie sehr du es hasst, wenn Eingeweide daran kleben."

Ich lache. „Du bist mein liebster sexy Alien", sage ich zu ihm. Sanitäter tummeln sich plötzlich um uns, aber ich drücke ihn fest an mich. Ich will ihn einfach nur halten. Ihn einatmen.

Vielleicht bleibe ich doch hier, um die Gefährtin eines Drachen zu sein.

KAPITEL NEUNUNDZWANZIG

KAT

(Eine Woche später)

„*J*ch möchte dir etwas zeigen", sagt Danax. Seine Hand gleitet in meine, während wir durch einen Teil des Palastes schlendern, in dem ich noch nie zuvor gewesen bin.

Ich hätte nie gedacht, dass mir diese Sache mit dem Händchenhalten gefallen würde. Aber Danax' Hand ist groß und stark und meine passt perfekt hinein.

Es fühlt sich gut an.

Genau richtig.

Ich hätte auch nie gedacht, dass ich mich in einen Drachen verlieben und ihn fast verlieren würde. Wenn er für immer meine Hand halten will, lasse ich es zu.

„Ach ja? Was denn?" Jetzt ist meine Neugierde geweckt. Ich drücke seine Hand und grinse ihn an.

„Du wirst schon sehen."

„Gibst du mir einen Hinweis?"

„Nein."

„Vielleicht einen kleinen?"

„Kein Hinweis." Danax' Stimme ist schroff, aber irgendwie sanft zur gleichen Zeit. Er streicht mit seinen Fingern liebevoll über meine Wange und seine Lippen formen sich zu einem Lächeln.

Ich liebe es, wenn er lächelt.

„Du wirst einfach abwarten müssen", sagt er. „Wir sind fast da."

Wir wandern durch mehrere Gänge mit Wachen und unterziehen uns endlosen Iris-Scans. Meine Haut beginnt vor Vorfreude zu kribbeln. Ich bin aufgeregt, weil ich das Gefühl habe, zu wissen, wohin wir gehen.

Danax führt mich in einen Raum. Er ist groß und ganz mit Stahl verkleidet, aber ...

Er ist leer.

Ich sehe ihn fragend an.

„Warte einfach." Das Lächeln ist wieder da und diesmal gefällt es mir noch besser. Ich habe diesen Drang, ihn zu bespringen, aber er trägt immer noch Verbände und ich möchte ihm beim Sex keine schreckliche Verletzung zufügen.

Danax berührt ein Paneel und die glatten silbernen Wände gleiten auf und enthüllen eine Sammlung von Waffen, die für eine ganze Armee ausreichen würde – Energieklingen, Blasterpistolen und Plasmakanonen sowie andere Hightech-Waffen, die ich noch nie zuvor gesehen habe.

„Willkommen in der Waffenkammer", sagt er.

„Wow." Ich gehe langsam herum und bewundere alles. „Dieser Raum ist ... unfassbar!"

Danax hält inne und beobachtet mich einen Moment lang. „Da ist noch mehr. Komm hier entlang." Er führt mich zu einer Tür, die ich bis jetzt nicht einmal bemerkt habe. Sie gleitet auf und gibt den Weg frei in einen weiteren riesigen

Raum. In diesem hängen keine modernen Waffen, stattdessen ist er voller Schwerter und Schilden, Streitäxten, Lanzen und Speeren.

Waffen der alten Schule, wie ich sie mag. Die Art, die mich zum Schmelzen bringt.

Ehrfürchtig bewundere ich die Sammlung. Ich weiß nicht, was ich sagen soll – der Anblick ist so schön. „Sind das Schwerter aus …?"

„Ja. Aus lassonischem Stahl."

Ich kann ihn nur anblinzeln und bin mir sicher, dass ich mittlerweile sabbere. Lassonischer Stahl. Hach. Das Beste vom Besten.

„Kat …", sagt Danax langsam. „Ich möchte, dass du meine Truppen ausbildest."

„Ich?"

„Ja. Du." Er nimmt meine Hand und drückt sie.

Ich bin ein bisschen sprachlos. Er will, dass *ich* seine ganze *Armee* ausbilde?

Oh, und ich will es auch. Und wie. Allein bei der Vorstellung davon spüre ich ein aufgeregtes Kribbeln an meiner Wirbelsäule entlangfahren.

„Du hast das Leben des Königs und der Königin gerettet", fährt Danax fort. „Und du hast auch mein Leben gerettet. Meine Soldaten haben dein Können gesehen und sie respektieren dich. Sie werden dir folgen."

Aber … ich dachte, Danax wollte, dass ich seine Gefährtin bin. Um eine Familie mit ihm zu gründen? Ich bin nicht sicher, ob ich verstehe, was er mir hier gerade anbietet.

Denn es ist zu schön, um wahr zu sein.

„Hast du nicht schon jemanden, der das macht?" Ich reibe meine Hand abwesend über den leicht schmerzenden Teil meines Arms, an dem mir gestern das Hormon-Implantat entfernt worden ist. Ich habe es Danax noch nicht gesagt, aber ich dachte mir, wenn er dann wieder Sex haben darf …

Na ja. Die Sache mit der Familiengründung und so. Ich dachte, dass er sich darüber freuen würde.

„Früher hatte Brixus die Position inne, aber jetzt nicht mehr." Er macht eine kurze Pause, als wüsste er nicht, was er sagen soll. „Nachdem seine Gefährtin gestorben war, war er … verändert. Er hat den Posten an den Nagel gehängt. Wir brauchen jemanden, der seinen Platz einnimmt, und es gibt niemanden, der mir lieber wäre als du."

„Aber ich bin –"

„Einer der besten Krieger, die ich je gesehen habe. Die Liebe dazu fließt in deinen Adern, Kat. Das könnte ich dir niemals nehmen. Ich will, dass du alles im Leben hast."

Danax schaut nach unten, wo ich immer noch meine Haut massiere. Er nimmt meinen Arm und schaut auf den kleinen Einschnitt und streicht zärtlich darüber.

Schließlich trifft sein Blick auf den meinen. Er muss die Frage gar nicht erst stellen.

„Ich habe es gestern entfernen lassen", sage ich.

„Und das bedeutet …"

„Ja." Ich *will* alles haben. Ich will ein Zuhause hier mit Danax. Eine Familie. Einen Ort, um Wurzeln zu schlagen. Freundinnen wie Piper und Mira.

Ich möchte auch vor Freude regelrecht quieken.

Danax drückt mein Kinn nach oben. Der Blick in seinen Augen ist klar.

Ich gehöre ihm. Ganz und gar.

Aber er gehört auch mir. Dieser große, starke Alien gehört für immer mir.

Ende

Vielen Dank, dass du *Gefährtin des blauen Drachen* gelesen hast. Bitte denke darüber nach, eine Rezension zu hinterlassen!

Willst du mehr sexy blaue Alien-Krieger? Klicke hier für Dieb des blauen Drachen, das nächste Buch in der Serie der Drachen von Xanthara! Wenn du einige lustige Bonus-Kapitel mit Kat und Danax lesen möchtest, trage dich hier in meine Mailingliste ein! Du erhältst dann Bonusszenen sowie Informationen über bevorstehende Veröffentlichungen und Geschenke!

https://www.subscribepage.com/bluedragon

HOLEN SIE SICH IHR KOSTENLOSES BUCH!

Tragen Sie sich in meine E-Mail Liste ein, um als erstes von Neuerscheinungen, kostenlosen Büchern, Sonderpreisen und anderen Zugaben zu erfahren.

https://geni.us/jungfrauunddervampir

BÜCHER VON MISTY MALLOY

ÜBER DEN AUTOR

Misty Malloy lebt mit ihrem unfassbar niedlichen Wolfshund in Arizona. Wenn sie nicht gerade über sexy Drachenwandler schreibt, plant sie ihre nächste Abenteuerreise. Sie liebt die Happy Hour mit reichlich Cocktails und Käse, heiße historische Filme und lautes Mitsingen beim Autofahren.

Misty ist gerne mit ihren Lesern in Kontakt! Auf diesen tollen Seiten kannst du dich mit ihr in Verbindung setzen:

Website: https://mistymalloy.com